芝麻开花的隐喻

王法艇 著

中国言实出版社

图书在版编目(CIP)数据

芝麻开花的隐喻 / 王法艇著 . -- 北京：中国言实
出版社，2021.9
　　ISBN 978-7-5171-3935-5

　　Ⅰ.①芝… Ⅱ.①王… Ⅲ.①诗集—中国—当代
Ⅳ.①I227

中国版本图书馆 CIP 数据核字（2021）第 209926 号

芝麻开花的隐喻

出 版 人：王昕朋
总 监 制：朱艳华
责任编辑：赵　歌
责任校对：冯素丽

出版发行：中国言实出版社
　　　　　地　　址：北京市朝阳区北苑路180号加利大厦5号楼105室
　　　　　邮　　编：100101
　　　　　编辑部：北京市海淀区花园路6号院B座6层
　　　　　邮　　编：100088
　　　　　电　　话：64924853（总编室）　　64924716（发行部）
　　　　　网　　址：www.zgyscbs.cn　E-mail：zgyscbs@263.net

经　　销：新华书店
印　　刷：廊坊市海涛印刷有限公司
版　　次：2021年11月第1版　　2021年11月第1次印刷
规　　格：710毫米 × 1000毫米　1/16　12.25印张
字　　数：188千字

定　　价：58.00元
书　　号：ISBN 978-7-5171-3935-5

自　序

父亲说，深井的水可以育出好的豆芽，温暖的心可以写出对世间的爱。父亲在乡间生活辛劳，讲出这样的话显得高深。我很迷惑，也很想知道，是怎样蚀骨而琐碎的境遇让一位农人从内心生发出这样的认识。他不语。秋天的早上，父亲从集市卖豆芽回来，一头的露水珠，照得他闪亮。

每个人头上都有自己的露水珠，他说。

父亲是对的。二十年过去了，回顾与眺望，感喟万千，大抵是一指流沙，痕若蚊足。露水珠或大或小，命运无常、多舛，渐至水斑。大千起灭，一尘沫沙，于风中旋于低处，竟成了丘，一堆孤丘，多少还是挂着清新的水珠和斑斓的花。

每一颗露珠，都是我想抒写的文字；每一颗露珠，都是我对文字所寄予的殷殷厚望。

我喜欢仓颉创造的文字，喜欢它所包藏的隐秘、陌生、美和恰当的惊奇。我相信，很多时候，文字赐予我只有伟大诗歌才能蕴含的感觉。我沿着这种感觉写作，不惮落伍和孤立。在写下每一个文字的过程中，我小心翼翼，极尽可能地保有一点露珠的透明和文华，甚至美感和陌生，这有助于我冷静地挣脱自我的审美惯性，借助文字的机锋和背后的想象力，了无遮掩，袒露新意——温暖的心和对草木世界的热忱，是一种爱，也是一种自由。

这是我写作时的发愿，也是我对文字应有的敬意。践诸百千，非易事耶！

然而，我必须承认我的拙笨，在没有任何技巧的书写中，我的文字不过是在反复确认美的价值和意义，以及芸芸世间力量的蓬勃。我知道，文字比诗人倔强，比生命更耐磨和悠久。我也相信，在新技术面前，文字的"不朽"愈发难以加持合理化的诠释，但发自内心的所有语言，一定和良知一样惊醒与深邃。

是我不谙世事还是过于澄澈透明，抑或是对于文字所赐予的涵养未能吸收？现实的宏大和磅礴总让我看见事物最为细切和生动的接口——这是大世界羽翼下的缤纷，也是静水流深力量之上的鲜活。哲学的朴素部分不喜欢隐藏，它和我领略的风华别无二致，甚至明亮地合拍。这让我找到合理的表达方式——爱和感激。它们总能和时代遥相呼应，沉潜起伏，合辙押韵。

卡夫卡说，写作就是把自己心中的一切都敞开，直到不能再敞开为止。写作也就是绝对的坦白，把美好用一种恰到好处的语言坦白出来。在书写大题材作品时，我采取了一种惬意沉浸的方式表现真诚。也许我缺乏优美的辞藻，也难以找到更为新颖的视角，但我会竭尽所能地让文字展露出露珠一样的晶莹，在光的折射下不厌其烦地散发真爱、挚爱，甚至于沉溺，当然还有一群意象的自然属性——它们是美的，是音乐的美、情感的美，思想的美，更是万千生灵的美。可以肯定，每样文学作品的自然之美，特别是语言之美，都是情感之美的保障，语言不美，情感之美难能实现。

作家的日常工作是锤炼文字。很多的时候，文字静悄悄地在原地对视，一篇普通的文章不易让它们波澜起伏，甚至遗忘和轻怠。我很珍视每一个汉字带给我的不同感受，也乐于让它们来包围、涵养我的朴拙。朝朝夕夕的刻度之中，文字塑造了我的身心，那是润物无声的方式，"涉青阳不增其华，历玄英不减其翠"，就是文字的魅力。

　　一章一节，一草一木，都有文字的记载，这是珍记世间的恰当方式，也是对身处在这个时代的个人，所寻求的一种对称和隐喻。在这个时代，娱乐和浅薄的阴影大面积漫延，诱惑人们介入某种令人"鄙夷"的写作。我只能逃离现场，让那些乏味、刻薄、寡情的词汇与我隔膜。在另一个隐秘开阔的空间，我用文字修葺小径，让它成为关乎内心真切感想的轨迹，人们走上去，观望，试探和修剪，呈现不一的状态，让生活与生命价值相连、相通，甚至缤纷多姿。

　　聊以自慰的是，正如我相信汉语诗歌的古典传统一直都是现代汉诗的底座和在场的景深，我同样相信，现实语境是我的心灵所天然携带的重力，它曲折迂回，在我的诗歌中投下了明亮且深情的道道印痕，透过这些印痕，可以逆推、演算出现实的斑斓和丰度。历史与现实中，存有双重的脆弱与渺小，总能鞭打我继续修习悲悯和慈航的艺术，用具有创造力的文字来表达内心的感知。

　　这本小书汇集了我最近刊发的作品。这些作品在《人民日报》《解放军报》《光明日报》《人民文学》《诗刊》《中国作家》等报刊的不同版面闪现，馥郁着对时代的切切缠绕之意，深情、真诚和婉转是它的全部。现在，它们集结成一支队伍，以同样的节奏清晰展荡，成为令人耽溺的文本，一节击节，一章溢彰，茂叠姿彩。

　　感谢我七十六岁的父亲，用粗糙的手为我的第一本集子题签书名，让这本小书有了不同其他的亮色。在乡间屹立如此炽热的农人，田地总能生长饱满向上的信仰——正如芝麻开花一般的吉祥。我也要感谢真诚的读者，以呵护心态对我的再度提示：让文字充满亮色，体现生命和爱的纯粹。

目　录

芝麻开花的隐喻　　　　　　　　　　　　　　001

七月，光明浩荡在辽阔中国
　　——庆祝中国共产党成立一百周年　　　007

和一株向日葵并肩眺望河山　　　　　　　　020

爱和光明根植中国　　　　　　　　　　　　025

八月，号角嘹亮大地上的云朵
　　——庆祝中国人民解放军建军九十周年　031

战士
　　——纪念中国人民抗日战争胜利七十周年　035

七月，从闪电中淬炼更璀璨的光芒
　　——庆祝中国共产党成立一百周年　　　040

飞翔在天安门上空的鸽子　　　　　　　　　055

钢铁，给一种精神命名　　　　　　　　　　057

光辉岁月，每人都有仰望的灵魂　　　　　　064

红星，照亮中国历史的封面
　　——庆祝中国人民解放军建军九十三周年　070

三月，以大海的名义书写　　　　　　　　　076

以战士的名义集结
　　——献给抗疫第一线上的白衣战士　　　080

十月，光明是中国的前程和底色
　　——庆祝中华人民共和国成立六十九周年　086

史诗，每个汉字都倾注着对祖国的深情

    ——庆祝中华人民共和国成立七十周年　　096

十月是一束炫丽的光华　　110

七月，岁月最明亮的部分　　113

春天，万物在阳光下纯粹　　117

王家坝，每一寸坝体都是祖国的坚强　　124

仰望大别山

    ——献给在抗战中不朽的灵魂　　128

一朵花撑开的春天　　131

英雄是光辉的美妙替身

    ——写给人民功臣张富清的诗　　134

在八月的色彩里，赤红是祖国的基调　　137

长征颂

    ——纪念红军长征胜利八十周年　　140

中国，春天比不了你的美　　147

中国的宏大合唱

    ——庆祝中国人民解放军建军九十四周年　　151

中国书简　　154

怀念和祝福　　158

梦想的唱针转动中国　　164

旗语下的光明中国　　174

在祖国的相框里写意西山　　180

情系华夏与锤炼诗境：

    王法艇"新时代诗歌"评述　　彭志　　183

芝麻开花的隐喻

四十年①的中国变化从一种植物的嬗变开始

—— 题记

植物的花开就是生命的巅峰

芝麻也不例外，以农业的力量

冲淡尘世的萧瑟和零落

像土地滋长的一种节奏和必然

芝麻花开，瘦骨嶙峋

所谓的节节高对应贫瘠栖息的低

花里面沉睡的命运和世界

和秋风初来的恐慌

通过枯草的气息

诱惑芝麻曾经的青春

彼时，紫色纷纷消退到中午

风过霜瘦，那些尚未成尘的食物

从撕开的疼痛中，触摸喉结的干涩

民谣和乡风，在越来越紧缩的口腔

沉淀，弯曲的阳光俯冲下来

---

① 此诗发表于 2018 年 6 月 23 日《人民日报·海外版》。

纷纷扬扬的黄淮海平原，伶仃起舞
在岁月的陡峭处遥拜收获
——芝麻开花，芝麻开花
母亲和大地一起，默念真经

母亲和芝麻都有相同的歌喉
同样在秋天飘荡暖芒和光泽
甚至，她们都有自己羞涩的旋律
只是，在土地消瘦的时刻
母亲对芝麻的审美过于现实
它的叶子在沸腾后黝黯如焚
它要在汗水流淌的午间
和母亲赛跑，诉说期望和乡愿
它有着母亲一样的仁慈
有着父亲一样的勇敢
在路途沉浮的铁轨上
芝麻花开，羞羞怯怯，鼓荡新奇
以第一等的薄弱胸襟
经得起潮起潮涌的奔宕和淘洗

芝麻的花在一个早晨开始嘹亮
它含着春天才有的柔美
蜿蜒，铺陈，像一江哗哗的春水
细沙一般沉淀为万物生动的河床
南国椰树，北国雪原

包括一枝胡杨的枝条

悄悄弹奏各自的乐器

在穿过城市森林后

大地日渐丰饶

母亲额头的汗珠闪闪发光

和所有神圣的劳动者为邻

芝麻和母亲结拜为姐妹

和母亲携手缭绕炊烟

这些经历不会被时光遗忘

母亲的手丈量过芝麻的童年、少年

现在，只需翻过一个山岗和春秋

在盛大的景象里，芝麻笑语殷殷

以一种蓬勃的生命

进入真正的澄澈

成为岁月最富生机的叶片

呵，四十年光景

芝麻粒粒饱满

日新月异，成为人间的金器

在乡间，芝麻的花被奔流的河水拥抱

在灯火温暖的城郭

芝麻开口唱歌

它的歌词只有升调

只有卷舌音才有的婉转

它歌唱着

把玉门关的轻尘涤清

它歌唱着

沿着淮河秦岭，沿着长江长城

它无所不能地招人喜爱

在黎明苏醒之前

偈句在江山安营扎寨

在乡村小学，在孩子们中间

在生动的万物之间，它唱着

它能唱着的词汇简单但辽阔

它能吐纳的语言清晰但坚定

它能安抚的世间繁华但祥和

它能展现的风采华美但洁净

歌声沉醉春涧的姿势，恍若飞天

任何优美的辞藻无法靠近

任何细小的闪电都刻骨铭心

原来，一朵花可以如此阔博

可以承载万象春秋的桑田

可以承载风雨蒺藜的侵蚀

可以承载云蒸霞蔚的激情

可以承载一个人的青春与梦幻

可以承载一代人对江山的坚守

有时，它俯下身子

承载清溪鱼儿的梦想

承载低于时光的灌木与笑声

一束清音掠过河面

涟漪晃动，宁静漫延大地

母亲在村口迎接芝麻花开的歌声

这蓄满银色的歌喉，不曾停歇

她用手掌，轻轻托着闪光的种子

像托住，黎明背后婴儿的笑声

倦鸟归林，落日熔金，终于

大地堆垒的金玉良言蔓延群山

她已忘了自己

阳光镀亮的每一天

她全力地劳作和热爱

风尘仆仆地歌颂

在一朵芝麻花的龙骨中成像，悠长回响

树木茂盛，大河疾流

在包罗万象的国度，芝麻开花

把光荣和梦想融在一起

把丰收和希望融在一起

在成为一种纯正美好的预言之前

她在幸福和岁月处浩荡

诗人一般吟咏，此起彼伏

祥和的城乡弥散歌声

花一树，果一树

光明的前程一树

趁月色皎洁，露水晶莹

新时代的中国

舟车如鲫，坦途疾步

展开的蓝图，奉献自己的蔚蓝

唯有，芝麻馥郁，芳华不绝

它隐喻的内涵第一次让世间如此明白

七月，光明浩荡在辽阔中国
——庆祝中国共产党成立一百周年

七月，光明浩荡在辽阔中国

每一缕阳光都披满河山

我想在一抔泥土里煨热铁马冰河

在一条里弄抄诵滚烫经文

长城以北的苍阔

大河之阳的妙曼

掀开书页，弥散暖芒

那些翻山越岭的记忆

重复着历史高处的燔焰和号角

那些伟岸的名字和身影，鞠躬尽瘁

日夜搬运大地上的文字

这是七月的经典形式

这是一百年来中国新闻的头版头题

城头高擎的旗帜和信仰

灼灼栩栩，深植史籍

舟楫破浪，光明绽放南湖

摇橹者勠力书写历史

一笔深入苦难，一笔点燃闪电

再一笔鎏金未来

在风雨如磐的气象里

七月把理想擎过头顶

船舱中央的坐标，撑开星空

五湖四海蓄满呐喊

信念浸润的山川

沿着光明导航，肆意拔节

沧浪涤荡的民族

逐渐舒展柔韧和自由的亮度

一群杜鹃贴着山冈飞翔

二万五千行长诗，抒写山川

如棠棣花开，成为朝霞的色彩

如果晨曦还在母腹躁动

地平线上的百鸟尚未开口

七月浩荡——

慷慨地放出养育心中的马匹

一腔炉火淬炼峥嵘岁月

那些——明亮的言辞

和繁花似锦的江山一同坚韧

清晨或黄昏，满城赤霞，盛若赤铜

永生的人自带庄严

布施生命中最为高贵的部分

炽热验证光阴，雷霆打开大门

躬耕大地的后来者

等待黎明安宁的抚慰

在七月的另外一个版本深处

稻菽千重金浪

英雄遍地夕烟

一场壮丽的永恒

抱紧和平的指向

辽阔在经典十月

持久地葆有对七月的全部挚爱

弥漫的光影，沸腾期待

七月的光明之歌还在飞扬

雨燕欢跃，轻挹翅膀

劳动者构筑梦想路基

坠落的果实酿造生活

铮亮的理想愈发璀璨

不朽的光明拂动旗帜

长空雁叫，霜月高洁

万物有灵性地翩然

苍穹和息壤熠熠生辉

七月，为英雄塑像就英雄辈出

为江山彩绘就五彩缤纷

云起风生，月没春江

溪流明亮澄澈

一捧泥土，沁出江山纹路

像青铜熔铸的钟鼎

妆扮祥云追逐的征程

智慧像泉水一样浇灌

秋色肥沃，缀满吉祥的修辞

远山和草原，金色和蔚蓝

锦帛上的人影川流不息

七月笑意娟娟，雷雨起

枝叶潋扬，合着骎骎步履

丈量殷实的国度和尘世的岫岩

七月打开了华夏所有门窗

让沦陷黑暗的眼睛习惯光明

低于尘埃的草芥自由舞蹈

高于春秋的黄钟嵌满星星

前赴后继的火流凝成铁花

群山和永固一起

大河和奔腾一起

传奇和英雄一起

愿景和人民一起

星光之河，浪奔浪流

七月柔韧成扁担，肩挑河山

七月幻化成长虹，丰盈未来

七月就是一首诗

一首提炼着丰沛甜蜜的晨曦

英雄的后裔，无限深情地至爱

自豪于灵魂的高贵

像一粒种子的热灼和光泽

加持着故园和国土

阳光升高到第一百个台阶的时候

世间万物都苏醒过来了

都欢跃起来了

鸣奏盛世的旋律和主题

催生着岁月滑向瑶池

使命凝炼的信仰

随着领跑者的奔宕步幅，愈发崭新

烛照着风华正茂的中国

光明在前，七月脉脉含情

稼穑依恋的泥土蒸腾生机

樯橹皈依的河床铺满虔诚

就像种子注定要发芽生根

七月的理想注定无息延伸

每一棵植物都有自己的信仰

每一条河流都有自己的走向

在九百六十万庄严之上

包括大海和岛屿

江河澎湃，春潮回响

山川高耸，万物灵动

七月是一把镰刀利刃上的光

七月是一柄铁锤的万钧力量

七月是一橹渡江漩涡的流深

七月是大浪飞舟映照的器度

七月是灯火洋溢的广阔前景

七月是骏马扬鬃的自由驰骋

七月是长街人影的文明富庶

七月是广场昂扬的鲜红信仰

七月是田间地垄漂满的暖意

七月是星月涌江的浩瀚诗境

七月湖水激荡，沧浪排空

一唱雄鸡天下白的七月

是所有心存爱情孜孜追求者的七月

是叩关跃马坦途疾步的七月

是日新月异梦想成真的七月

沧浪芷青，莲花芷洁

七月的细节流苏古典

冷冷地浸透起伏的中国

民谣舒缓，合着露珠里的曦光

万千金箭越过山涧雪域

挟裹熔岩的声音

触摸时光的印痕

七月是星火堆垒的

七月是雷雨灌浆的

七月是初心召唤的

七月是梦想丰润的

七月和她的信使

从闪电中淬炼出更明亮的前程

辽阔着峥嵘岁月的沉浮

七月像一面镜子

抽出内心的光阴和光明

洋溢着整个季节

她的寥廓和宽仁容纳四海

不用提醒，七月的魂魄七月体会

连同，经典十月的一幅画像

作为帷幕，完美无缺

拉开一角，无须掩饰的精彩

梦想一样，五颜六色

在阔博的版图上，七月涵养瑰丽

蜿蜒的光芒大河

闪光的箭镞抵达岸坻

岁月静好，波澜不惊

每一缕光线小面积飞临

那些平展的热流在大地就拧成升腾的漩涡

被阳光青眉细语地抚慰

鸽子咕咕，喜鹊喳喳，蜜蜂嗡嗡

凸凹和韵的歌声，附着花粉

大大方方在广场上弥散

没有一寸土地不洋溢热忱

没有一双眼睛不饱含深情

立夏之后的绿水青山

分解了事物深藏的另一种美
一行行文字，浩荡
春风化雨，沁人心脾

哦，七月，横亘百年的巨著
在柔软的辞章里
宽悯和浩大置顶光明
一缕清风的纯澈足以打动世间
细碎的明丽润泽日子
凤凰临溪照映，云开岚皋
江静观潮，寥寥岸芷一城春
七彩之霞——
笼罩着蓊葱苍茫的社稷
郁翠林峰，祥瑞倾颂
一粒粒莲蓬的辞丽
扑闪着小巧羽翅
游弋在星月上空
一种传统，跟着一种精神
在沉实的生命深度
开启一场繁花似锦的歌舞

七月在长空中飞驰
光芒镀亮铺洒想象力的大地
草籽在角落安营扎寨
灵动的词汇穿林越梢

在长烟一空的蔚蓝，覆盖

一朵花蕊之上的寓言

阳光赶路，抬高夏天

唤醒的灵魂和骨头

挥动闪电一般的巨橼

撇捺横竖充满写意

山峦神情孤高

大漠波澜舞蹈

播种者掩埋农谚

也种植月色和星光

被日光蚀薄的花瓣

转瞬间就烂漫了惊喜和爱

七月，是大爱磅礴的媒质

发酵的情感，随暖风升起

更多的植物根茎融入疆域

迫不及待地捐献果实

等待检阅的云朵，排队

问候一枝向阳的雏葵

礼赞十万健硕骑士

对于摇曳多姿的紫云英

她慷慨赠送颜色

让美丽人间更美一些

宛然陌生的路途站满亲人

如约而至的金色

是七月厚重的璀璨典礼

长亭外的藤萝，在岑寂的风里

毫无矜持地加持倔强

当甜蜜漫过阜丘，炊烟低斜

禾苗的笔触伸向天空

耳目一新的七月场景

经典在内，精彩淋漓

在光明涌动的七月之巅

我的国我的家和我的亲人

置身在翠绿背后的金黄里

一朵花是燃烧的银子

一幅画是时代最美的彩笔

无尽的坦途像七月的脉搏

把自信和自豪注入内心——

和黎明的青松一起站起来

和仓廪的饱满一起富起来

和钢铁的密致一起强起来

七月，那首深情款款的山歌

是献给和平的无限自由

是献给母亲的忠诚坚贞

七月闪亮，人民出场

追梦者怀着自由的种子播撒

光芒镀亮头颅

清风沉溺荷香

七月，除了忠诚和颂歌我一无所有

在你盛开梦想里有我

在你金色光轮里有我

在你铿锵誓词里有我

在你壮丽锦华里有我

在你手持彩练当空舞的时节

大地为王，万物雅如乡绅

怀抱五谷和节气

手握乡风和农器

在名为小康的巷间

清晰柔和地吐出朴素的名字

在河流妖娆的部位

在山岳雄拔的部分

向平安加持富庶

向吉祥加持梦想

殷勤劳作，节奏迭选，恰如其分

搭配好七月的关联用语

七月，一定有来不及收藏的喜泪

就用它在故土培植一株桑梓

邂逅幸福的叩门

如同葵花向阳

在春天开始嫁接云霞

开始漫长蓄力

或者在柴扉之外恭候十月

看草木滋长或者月光倾洒

听麦田守望者的呼吸和融入泥土的细语

它们会提前赶往清晨

赶在海晏河清的节气

嘹亮着嗓音歌唱山河

或者，晶莹着祖国的葳蕤

七月，如果梦想浸透油彩

还有扑扑动人的热恋与心跳

就勇敢地攀爬到岁月山巅，摘采

平原的旷美和雨水

秋天的夜晚灯下欸吟，背诵诗经

一声深情，吐露云朵和谷穗

逝去的传奇，永不失去

龙从云，鹰扶摇

在钢铁和火焰煅打的历史身后

躬耕者一往无前

七月之后的所有日子

枝头并不寂寞，五谷丰登

就连埋伏在泥土里的秘密

在每一张夏历深处，蓬蓬勃勃

优雅地熔铸梦想的坚实

借助丰硕的预言，殷勤排序

与七月关联的句子

主语人民，谓语挚爱

宾语——

中国，以及生灵欢愉的大地

和一株向日葵并肩眺望河山

用心挚爱土地，坦然安放灵魂

——题记

十月，介于崭新和光芒之间

一株向日葵，此时

正乘着金光与河山并肩眺望

饱满稠密的蜜汁啊

满溢大地。在中国

江山固如金汤

山河起伏跌宕

平平仄仄的诗歌波澜壮阔

雷声蓄满新曲

闪电的神来之笔

借助黎明蓬勃的力量

淬炼世间万物的内核

岁月流金，寓言成长

葵花不蔓不枝

伫立瑞雪之前

以黄河壮丽的背影

水色与肤色浑然一体

秋天辞典里的霞光

慷慨地把人间的欣喜

无序地撒播城郭和山川

写意为可昭日月的华彩

风雨逶迤，流水折叠光阴

火焰与美善的种子，应和

招展红旗的大风

给阡陌纵横的草芥尘漉

布施生命中最为新鲜的部分

和母体绵延的体温

十月的镜子是盛世的风景

月光住在豆荚

芙蓉尽显朝晖

大地之上的河流，波澜起伏

辛碌之后的波涛

风，拂过枝头

抱紧阳光的指向

追步秋天的韵脚

盛大的故园，宛然传奇河床

一沙一贝，从激流中汲取磅礴

一种深情能被书写

必然是另一种深情的丰饶

七秩沧桑，大河汤汤

我的祖国庄严国土，井然安泰

她谱写的歌曲在白云之下

一遍遍传唱和深植

街衢四通八达

贯通了心灵的城堡

乡村被水墨润透，如画入诗

高过头顶的现代文明

在旗帜的指航中濡化青山

为历史腾出广博的空旷

啊，蓬勃的中国

像穿林越梢的金箭

笔直生根多彩的广场

它的柄上——

镂刻着十四亿条祝福

十月，等质于长城的名词

也是中国最高贵的名词

一条抵达梦想的坦途之上

每一张被葵花映照的脸

都是秋日灿烂的花朵

丰盈饱满，神采飞扬

让我想起大江大河之畔的琴房

奔流在琴键上的华章

一路欢跃，伴奏暖芒

铸就葵花欣欣向荣的姿势

岁月涤荡灵魂

河山日新月异

富强从息壤底层崛起

生活植入花朵和美酒

光明之物，在它的蓓蕾聚合智慧

像祥云锦织的被子

温润着星河灿烂的国度

希望在屋瓦上祝福黎庶

赤诚的眼神比世界都重

烛火在宁谧中照亮花园

更远处的星星擦亮天空

蹁跹而至的幸福

像翅膀扇动的秋风

在橄榄任意茂盛的笑纹里

猝不及防的喜悦让我深感不安

溅飞的汗水和青春

优雅地收藏层叠有序的期忧

啊，和一株向日葵并肩眺望河山

一草一木是我的祖国

同根同脉是我的祖国

世间所能呈现的吉祥

是我祖国的彩霞晨光

在一株植物隐喻的新时代
越来越美好的愿景
深植在中国任一城乡
一树音符，一河交响
光明的前程愈加宽敞
趁阳光明丽，朝霞绚烂
新时代的中国，匠心蓝图
葵花锦绣，芳华不绝
它眺望的河山
庄严巍峨，广博精彩

爱和光明根植中国

一

所有的岁月间隙
对心怀春天的人来说都是阳光斐斐
这并非只是记住辉煌
而是书写可昭日月的历史
开天辟地，焚膏继晷
四梁八柱，信念如磐
惟克果断，乃罔后艰
以及炙热的情怀和理性
让荣光和梦想焕然一新
大海奔涌，自由廖远
低处的草芥含露微曦

我们不可或缺的日月星辰
终将像文字启蒙大地上的江河
稻菽万顷，丰满人间
爱漫过草甸，万物起伏鸣啾
光明的岁月

构建了生命圣洁的领地
鲜活着新时代的勇毅和智慧

下个七十年之后还能发生什么
春秋总会向着美好深处排序
坦途疾步，它已倾洒新的光泽
并已收藏昨日
生动的万道霞光
和历史浑然一体
博厚悠远，蓬勃生机

二

温润的光明疾步新程，无垠的爱
一望无际。一节恰如其分的春雨
跌宕散播，高处的阳光倾撒信仰
十月辉煌，于无声处的惊雷
和花骨朵一同绚烂
一张油画的背景
以历史担当，圈阅岁月
人间光辉，爱一日一日盛大
向大地招手，花语在花瓣上响起
花树哗哗啦啦
寒冷的季节跌下山岗
在镰刀靠近的植物

在草木拔节的细切

在寺庙钟声的彻悟

在铁锤夯击的宏阔

晴朗的日子始终盘踞山顶

三

如果了解光明的锐度

就不要无视它的沧桑

当露珠照亮晨曦的走向时

在一团朝雾升起的夙愿里

山川交头接耳，涓涓成海

一丛青草，抚慰历史遗留的火焰

一束光华，照亮辽阔中国

丝绸锦缎在月下涌动

蜜蜂附在桑树背后

流光碎影，绵延无息的江山

把河流和长城拥入胸怀

把牧人和马匹拥入胸怀

把街衢和人影拥入胸怀

把诗歌和华彩拥入胸怀

把花朵和炫丽拥入胸怀

荡漾的富足滋生盎然和平

四

一只白鹭，乍起，水中盛开芳华

浮上天空，只舞出它的梦想

一场春雨，打湿料峭的红墙

传达出果实盈门的短信

春天啊，溢出的花蕊，撩动着春雨

不灭的金色希望

在星星与天涯最近的距离

一浪接着一浪的灿烂

颂扬着中国的大船

黎明的吉祥，滋生茁壮

长汀花香，十里眺望

砥砺耗不尽光明的浓郁

最深的爱，是文字背后的笔直

七十年风兮雨兮，终掩遮不住

磅礴的生命力，飞翔过的先贤

陪着这大地上的暖

在草垛和山巅

流金岁月，殷勤低语

五

在丰盈的中国

光芒是无所不在的物质

在迤逦的山水中间

它以优雅的姿态丈量世界

又以温润的力量苏醒眼睛

深深的光明啊

每一寸战栗的问候

总会期望烛照火焰背后的历史

我总能抓住它的袍子

尽量感受光的质量

此时脚步清澈，光明澄澈

我看见光芒正在起伏前行

向着未来绽放绿色声韵

风的翅膀点染岁月风情

在它的边界，一根针就是利剑

迎接光芒的手，开启了旅程

一只自由的鸟儿在光中展翅

它要迎接光明

它寂静的内心是温情的

是燃烧的，是希望勃发的一览无余

现在，它抹过了暖意的画像

在羞涩的眼睛里安静下来

六

光从窗前，移到屋后

像一场漫不经心的走秀

竹子在心里开始鸣唱

月光在瓦片间安家

趁着脚步还能够踏进花圃

在铺满光明的路上心想事成

光明合着江河抒情

隔着九百六十万平方公里的念想

我总期待——

在我和你的岁月的深处种植一片蓝天

趁着光明向大地开始投射

就做一些想做的事

说一些推心置腹的话

不要把幻想，都埋进漉尘里

不要把陡峭的日子

削瘦成进退自如的梯子

风拂动柳梢，灯火阑珊

深醉成劳动者的姿态

但绝不怀疑

爱的人和土壤一起明亮，一起柔软

她的眼睛就是星星

她的长发就是门前的溪流

这样的岁月，我清神秀骨

合着光明的步音，返回家园

八月，号角嘹亮大地上的云朵

——庆祝中国人民解放军建军九十周年

军歌

军歌不仅是一首精钢熔铸的曲子

她还是一种召唤

从一九三九年八月之后

那"向前！向前！"

的步伐，震撼山河

战争或者和平的清晨

军歌的音符就光芒一般

雄浑昂扬，平安就荡漾开来

此时，我的祖国和母亲

是那样殷勤可亲，舞姿优雅

祥和的阳光纷纷扬扬

军歌开始响亮在街衢

而后，回荡在八千里路云和月

嘹亮大地之上的云朵

激荡在旗帜之上

升到一定高度

她的力量就濡化一团

成为一种文化和文明

让我仰望终生

然后　构筑梦想

军营

越过花草覆盖的小道

透过悬在旗帜上的军歌

清朗的讲解如水漫延

军营的时光多么静穆

在湛蓝空间中仰望

鲜艳的军旗猎猎作响

一队又一队的军人犹如松柏

他们排着长队

朝着祖国的深处浩荡

大地的生灵安逸成长

军旗和军歌一次又一次

沐浴我的灵魂

阳光下的徽章熠熠生辉

大片大片的肃穆弥漫校园

那些绽放大地之上橄榄枝

与徐徐漫过台阶的时光

一起迎送清风中翩然的鸽子

在肃静的校园走过

金玉良言，春风化雨

金属叩击，铿锵有力

万物滋生翅膀

岁月漫过大地，灯影漂白四壁

恢宏的校园深如大海

她在光明厚实的堤岸

生动讲述气吞万里的故事

松柏

这些松柏

流金岁月的见证人

朴实无华的歌者

枝叶繁茂犹如战士

扎根泥土，他们柔韧的根须

紧紧拥抱鲜血染红的泥土

和战士忠诚的双手相握

传递时代的力量和正义

先辈的足迹镌刻这里成为丰碑

这是梦想与和平融为一体的地方

在金戈铁马之前

必须从信仰深处汲取力量

每一株松柏和战士一样
他们能够听懂这些激荡的语言
这些语言很快就会深入地层
或者弥漫天空

八月以来，我就放弃了诗歌
准备好母亲编织的背篓
这些高洁坚贞的松枝
是我一生的富足和收获

生机勃勃的松柏
披满绿色，忠忱热烈
流金岁月，镀亮祖国的手掌
深藏的正义涌向四海
澎湃的大河浪花舒展

战 士
——纪念中国人民抗日战争胜利七十周年

每次经过鸽子欢飞的天安门广场

总会向脊梁般的纪念碑注目行礼

想浮雕上的先辈作为战士的勇气

智慧和意志

他们投身在鲜血和火焰之间

用镰刀割下疯狂的野蛮

用铁锤锻造峥嵘的土地

想他们曾经过分慈善地溺爱万物

为比世界更广阔的生灵——命名

战士的概念尚未形成

他们粗糙的手和情感种植和平的种子

他们内心除了梦想还有土地的温度

一九三七年七月七日的中国是痛苦的

卢沟桥上的狮子沉痛地睁开双眼

河流因炮声弯曲

城池因铁蹄破碎

山峦因野蛮狰狞

村落因暴虐哭泣

古老又年轻的中国

让人们和她一起在巨流中挺立

人们对她至死不变的情感

演绎成前赴后继的洪流

这群手握农具的坚强力量

从土地迸发从河流迸发从边远的村庄迸发

从一寸河山一寸血的呐喊中迸发

他们像天生的战士

像怒吼不止的雄狮

处在不同的血腥和呐喊的背景之中

在地火燎原和岩浆汹涌的大地上

战士们把小米加工为利器

他们瞄准野蛮，主动出击

大片大片的草木皆兵

犹如这个国度新鲜的狂飙力量，直至刈倒

这是他们与土地相爱的唯一方式

横空出世莽昆仑

战士

从名词升华为动词

骄傲翔舞，顽强搏击

起来，不愿做奴隶的人们

不会被豺狼和熊罴吓退

也不因手无寸铁而绝望

更不让自由歌唱的喉咙被魔兽扼住

起来，起来

靠你们脉管中沸腾的血

夸父追日的血

戚继光的血，邓世昌的血

龙的传人靠这些从未冷却的力量

在喜峰口的垛垒上愤怒地舞动

在平型关大渡河的上空

他们的眼神是黑夜中最璀璨的希望和火种

一粒火星召唤引燃无边的莽原

大于所有援助的眼神和关怀

从来不曾暗淡

战士

一经铸立，不容涂抹

像从不止步的猎人，在森林

他们熟练的猎杀方式

让每一只野兽绝望哀嚎，直至消遁

有时，战士也把自己埋进土里

让沧桑的大地滋生温暖和良知

在战争肆虐的地方

在文字和语言传流的地方

在一条大河波浪翻涌的地方

战士的亮色从不褪去

战士的手拉起就会成为坚固的长城

战士的澎湃血液汇成黄河大合唱

战士用意志捍卫尊严

他们鄙视所有金黄的腐烂

他们笑傲所有猥琐的背影

他们被血雨腥风不停抽打

终不肯低下高贵的头颅,

他们倾注诗人的激情,哲学家的理性

智性地描绘共和国的宏图

而战士的兄弟和朋友

逾越语言和地理上的维度来到这里

在时间的坐标上

和战士一起无畏进取

牺牲是必然的

但延河岸边的灯火驱散黑夜

让战士的姿势构成历史的光芒图像

胜利是必然的

但让恶魔低下头颅的不是钢铁

是——

战士

所有热爱和平的战士

胜利终将属于正义

我们因战争而倒下的战士

我们因战争而不朽的灵魂

铸造了和平的中国

自强不息的中国

她的光芒和文明丰沛着也积蓄着

富足是她的前景

文明是她的前景

她世世代代构筑华夏梦想

在每一次灾难里

涅槃重生

七月，从闪电中淬炼更璀璨的光芒
——庆祝中国共产党成立一百周年

每个七月，总有一场闪电

让湛蓝的世间布满彩虹

总有一种相同炙热的激清

一次次在光芒照耀下熠熠生辉

总有一面旌旗披挂江山

逶迤的东风挟满精神和高贵

总有峻拔的名字和陡峭的身影

搬运大地上的河流

这是七月的经典形式

这是一百年来中国新闻的头版头题

它们用正楷临摹，狂草书写

七月的内涵和景深，然后

从一个角度出发，定义春秋

定义历史，定义开天辟地

岁月的顶峰，闪电彻亮人间

在三万六千五百个日月坐标上

七月自带光辉

自带坚硬的骨头和最滚烫的血

激越成一首二万五千行的长诗

作为历史的封面

十几张圆木凳，肃穆有序

支撑天空的灿烂星座

十三张面孔，把闪电引入世间

把七月介绍给雷雨

在每一寸石头之上打磨意志

他们是大自然最生动的部分

雷雨是，青铜是，闪电也是——

历史的起点，被一束光包围

蓬蓬勃勃地向前奔涌

七月的潮湿已退出街衢

平静的天空酝酿风云

十八平方米的斗室，阳光倾泻

在一声声激昂的讨论中

镰刀锋利起来了

铁锤坚硬起来了

镰刀和铁锤构成的图案，关乎

理想，信仰，命运和方向

一面旗帜，一条道路，一颗赤心

在于无声处听惊雷的时刻

呈现出开阔敞亮的前途

而被闪电劈开的大海

千帆竞发，浪举飞舟

当然，焕然一新的黎明也会被黑暗侵蚀

但，山川相缪，草木滋滋

收集星火、鸟鸣和力量

种植真理、箴言和夙愿

七月，高举金属和谷穗的光芒

抽出身体蕴藏的闪电

给大地注满青铜

淬亮，一串串高傲的名词

他们背后的史册之上

赤水澎湃，沧沧泱泱

而红船，明亮着移动

真理衍生的文字简洁有力

在田间，在地头

在阡陌纵横的洪荒

镰刀收割历史的荆棘

在煤矿，在车间

在积贫沉疴的季节

铁锤敲碎心头的疾郁

流火七月的山脊

逶迤的力量一望无际

月色皎洁的晨曦

松风长啸，滴露碧霜，大地苍阔

枪鸣弹飞，鲜血浸润山冈

在一盏八角楼的灯火里

闪电统领七月的生机

那些勤恳的人开始迎接朝霞

开始对曙光赞美与向往

在大雨之后的肃穆中

用简朴的画笔勾勒旭日，雄浑

壮美的景象，赠予贫瘠岁月的厚礼

火焰，硝烟，呐喊以及狂飙的奔驰

赤诚，深情，奋不顾身和九州风雷的轰鸣

在七月之后的光阴拐角

总能以某种桥段恰如其分地嵌入

浪漫细雨，枣红灯花，沃野丞丞

包括红船哲学的确认

在激荡磅礴的空白处

固执地仰望北斗星空

熔炉大地，星火奔驰

在大风起兮的奔宕间

星火赐予的青铜

坚毅，冷峻，热忱，自由

在融合土地的瞬间，成为战士

在草原，森林，平原和山间

在杜鹃鸣啾的丘陵，甚至

我看见茶树丛中的村姑

采茶的双手握紧红缨

她们对爱的期盼柔韧凛凛

一只鸢飞的冲刺

把红色誓言带上碧霄

哦，彤云燃烧的浪漫

成为大时代的精彩画卷

草木复苏，风起云涌着茂盛中国

枪声激荡的日子

总会有青铜凋零，融化

它留下的花朵火焰划过的夜空寂寥高远

星月徐徐，热灼的眼神堆垒忠贞

光明是一条浩瀚的河流

希冀是溢出堤岸的细沙

一匹白马驮着预言

奔向未来的前程

在所有高举的森林手臂之上

熠熠的火炬蓬勃无息

温暖足下的冰凉

彻亮远方的梦想

撒满星光的汪洋，浪奔浪流

节奏齐整，暗合着洪流的潮头

苍茫大国，青铜的种子播撒沃野

怎样的词汇可以成为历史

只有血的风采能够铸塑路碑

所有的名词都有历史的生动

就像大合唱中的黄河声带

战栗着发出轰鸣

一场雷雨洗礼世界之后

稻穗在田畦破壳发光

铁轨在流动中有光

传递力量的蓬勃也有光

当墙角凌寒的梅花轻摇

当阳关古道上人影绰绰

这是验证光明的时候

那些前赴后继的盗火者

擎着理想的火炬

一次次照亮湘江渡口的暗红

照亮岷山千里之外的背影

瀚海阑干的额头之上

堆积的星火燎原正酣

在古老的甬道

标语是精致的路灯

擦肩而过的问候与暖意

最终让广阔包容

雪山，渡口，激流，铁索

这些朴素的名词已成传奇

它们深藏�焰、意志和信仰

它们印记惦念和眷顾

在将生命的硬度加持光明的间隙

生生地向深邃又推进一层

七月，雷雨和闪电的壮志
孕育了如此旷阔的灵魂
很难用诗句精准描述
像爱一个人自然就爱语滔滔
我准备齐全的颂词
是秋月背后银杏树上的黄金
飘满弧线的天空
闪电的影子无处不在
这些影子，是我要颂扬的个体
是给我光明的人
也是给我满山红花的烈士
它们在地层之下发光
风兮雨兮，百年崭新

长安通衢，青铜硕拔峨峨
它们静穆的样子恍若雪松
在烟火浸染的枝叶
血泪印痕清晰
过往的路人匆匆，脚步铿锵
我垂下头颅，感受泪水的汹涌
你这大地的砥柱
你这广厦的巨梁
你这民族的脊梁

你这希望的承载

在一个世纪的涤炼中通体发光

哪怕最细小的纤草

也沐浴着你暖暖的体温

林中的鸟鸣，高一声低一声

传播利乐和睦的深情

散着温热的七月城堡

金属的冷，奇异悠长

凝固的血漫烂成丹帛图画

一笔接一笔的遒劲饱蘸文明

"光，照亮废墟上的茎

也抚慰脚底下的凉"

蜂拥而过的草鞋，浴火重生

和骏马一起奔跑

踏踏地叩击河床

青铜的光泛起了

星星的光苏醒了

呐喊的光唤起了

生命的光夺目了

在朝晖夕阴的间隙

和一株芝麻嘹亮嗓了

大江奔流，大河咆哮

根植于内心的山川和波涛

放大心量——

怀揣着一座春城，蓬蓬勃勃

七月，总会百转千回
总会在悄无声息处托起雷霆
那些明亮的眼神和孤傲的气势
收紧江河湖海的缎带
以几何学上的术语搭设未来
科学的高，民主的宽
幸福的长，自由的度
包括牧羊归来的溪流和头顶炊烟的妇人
巧妙地切入宏阔的光明
辗转的骐骥和英灵
越过黄河和长城
始终被一团橘红包围
一阕沁园春的雪，涵盖华夏
沟壑纵横，山野展展
囤积着高高低低的芬芳

趁闪电高擎
调动一场磅礴红雨
逾越空间和地理的坐标
七月的炙热沸腾人心
哦，先进和落后，陈腐和新奇
在蜿蜒的巨流中角力
没有一滴汗不浸透土地

没有一滴血不浇灌河山

整个世纪，青铜的质地敦厚坚韧

光明之海的意象，纯澈澄明

疾风穿越的地方留下足印

深植到心坎的风调雨顺，疏朗明丽

而我始终相信七月的气象汪洋恣肆

最细小的闪电如同鞭子

驱赶残留在天空的阴霾

长烟一空，酣畅淋漓

七月本身就是一部史诗

光明是这部编年史的主人

即便有再丰富的想象力

也很难描述其间的细节

我相信大雷雨的狂飙彻荡

我相信旗帜招展的壮美世间

我相信鼓动的风挟裹力量

我相信寥廓的城郭充满张力

我相信人与自然的真诚和善良

我相信坦途疾步的畅想和睿智

在你驾着白云巡游江山时

我伸展双臂拥抱你的光明

在你滚烫的胸口，七月

你留给我最深的希冀和期许

那时，我双眼低垂

奔流的泪水将衣襟打湿

黑夜里不曾沉沦的眼睛
风雨中坚挺的青松幼林
你们尽情展现属于青春的心跳
深情呼吸，自由筑梦
我看见一匹匹锦缎仿若朝霞
在吹尽狂沙始到金的河床
昆仑耸立，南海黛碧
红星熠熠，初心炽热
灯盏一般悬挂在广场上空

阳光和清风酿造的甘饴
总会沉醉岁月之前的草芥
五谷丰盈的姿势总会迷离原野
麦子的金齿轮
谷子的金穗头摇曳淋漓
一滴清露，灌溉垄田
一片秋叶，歌咏沧海
在路上奔走的人啊，种植太阳
"敬仰黄天厚土上的一切
唯有爱和信任不可辜负"

七月，我把一幅油画作为理想的请柬
请允许晨光照亮窗子

请赐予我铮铮文字

给历史注音解读

给壶口瀑布谱曲

当写到七月和闪电，序幕阔展

广舒万象，行云流水

阳光斜探进泉水

星光浸润苍穹

洁白的鸽子鸣啾婉转

哦，七月，当初的理想

在九死一生之后，蔚然大观

红霞漫天，如你所愿

青铜一百次泛绿

也有一百次淬炼

七月，我真的理解了百炼成金

果实漫无边际堆垒

接近彩云的高度

它们金黄的色泽嵌入手掌

暖芒袭人，宁静中

一条铁轨张开庞大的羽翅

奋力把梦想带向天空

与太阳勾勒的抛物线连在一起

一只火凤凰衔着橄榄枝飞向彩虹

在广袤的维度里交织成大国的蓝图

铛，铛，铛……

广场的钟声响了一百次

而在历史，就回荡五千年

铜色的历史坐标上，烁烁闪闪

毫无疑问——

那些古老而跃迈的声音

是这片热土高亢的史诗部分

无穷的文字灯火通明

在祖国的乡间

我和亲人双手合十

把一粒祥和的种子奉给青铜和春天

在地平线上，采摘露珠

从晨光中提取祝福

"铺展最干净的宣纸吧

给最爱的人写一封沉醉的信……"

诗人啊，坠入花的海洋吧

在叙事的陡峭处采撷珍珠

在抒情的高坡热泪盈眶

请记住——

"阔达的息壤

七月，自带光辉和聚力

惟有铜液才能记录的庄严

一个月份燃亮着四季"

如果晨曦还在母腹躁动

地平线上的百鸟尚未开口

七月浩荡，和大如席的雪花一同归来

清晨或黄昏，满城金甲，盛若光明

永生的人自带庄严

布施生命中最为高贵的部分

躬耕大地的后来者

等待黎明安宁的抚慰

在七月的另外一个版本深处

稻菽千重金浪

英雄遍地夕烟

一场壮丽的永恒

抱紧和平的指向

辽阔在经典永恒的中国

持久地葆有对七月的全部热忱

弥漫的光影，沸腾期待

红星照耀大地

青铜耸立世间

人民至上，小康幸福

万物整齐地走进史册

星辰加入岁月

梦想繁华似锦

历史的天空红星闪烁

阳光打亮每一片叶子和生灵

顺着七月的脉络

一束璀璨的光芒充盈中国

赤色永驻，雷雨淋漓

夏天向金秋伸出手臂

啊，青铜浇铸的信仰

请接受——

十四亿人的祈祷和敬意

飞翔在天安门上空的鸽子

现在，我来到天安门前

这里澎湃着一条灿烂的大河

太阳像一枚锃亮的银币

沉在九月的河底，明亮的色泽

照亮广场上每个人庄重的神情

这个时候，庄严的庄严

高傲的高傲

圣洁的圣洁，只有

口衔橄榄枝的鸽子

高低不平地飞着

咕咕、咕咕的声响

给节日的壮美

缀上悠远的回响

根植在和平深处的纪念碑

神圣高贵，节节助长

那片如诗如画的海洋，烛照

七十年前的呐喊和抗争

让节日的盛大洋溢正义

所有炽热的目光交织一起是纪念

所有热爱和平的人一起歌唱是纪念

铭记历史是纪念

追步先哲是纪念

为人民追求福祉是纪念

雨水细细沁入大地是纪念

湛蓝的天空褐红的墙

在柔和的光线里面巧妙叠加

一只只鸽子飞到眼前

咕咕，咕咕

声音悦耳，姿态优美

轻轻，轻轻

叩响宏大瑰丽的中国梦想

钢铁，给一种精神命名

曙光西里二十八号

一栋大厦将窗口伸向天空

年轻的春天和理想郁郁葱葱

被光线淬火一般蓬勃

站在辽阔的文明高处

弹拨交响曲的宏伟和优雅

进入后工业时代

我们磅礴的歌声漂洋越海

这些比风还要尖锐的力量

比海水还要坚强的力量

吹进旋转的火流内心

吹进镂空的光阴和青春

直至涅槃成一种叫钢铁的精神

在一条万吨线的程序里

一粒矿石，一寸精火

一滴汗水，一丝光亮

被储存在巨大的胸怀里

然后，粉碎糅合为时代创可贴

辊压一万遍

煅烧一万遍

冷却一万遍

揉韧一万遍

这还不是它要驻足的节点

它还要在一条沸腾的洪流上奔跑

并恰如其分昭彰物质的哲学

磨砺着，淬炼着

成熟是一路坎坷的必然

即便如此，它还深情怀念

汗水纷飞的宏大场景和细节

曙光西里二十八号，天空浩荡

盎然绿意和蔚蓝相映成趣

一株木槿滴露光阴

和一切美好事物相似

我看到泱泱风云，昂扬旗帜

平静的眼睛奔突着岩熔豪情

阳光呼啸，文明的大厦弥漫瑞祥

联袂五洲，谁都可以和它交流

与其说这条路奔涌着中国力量和速度

不如说这样的程序

还原了平凡事物极致的光辉

时光淬炼的力量

今年的十二月和七十年前的十二月相比
就像火箭在天空中疾驰
有多少喜悦的泪珠飞翔
就有多少艰辛后的喟叹
此时，浩荡辽远的大海
越来越接近阔博
越来越风急浪高

我能够想起七十年前的热烈
和一首盛大的史诗同样宏丽
一束光和一束光汇聚成大河
置于广袤温情的世间
在日月光华里澎湃，像火焰的锋芒

雨水涤荡沧桑，岁月是一面镜子
每一次镀亮晨曦中的塔影
总被滂沱背后的力量震撼
苍茫无际，浩浩荡荡
它们深根历史的根基，抵达钢铁内心

在同样疾流的岁月之河，钢铁

必须迸发内心的才华

以无限量的上升或升华

雷霆呼应时代涵泳的赤诚

小于星空中的亮点之于漫天晨星

我敬仰璀璨一角的斗室

殷勤着不息的皓首智慧

工匠

在任意的清晨，他们一天也不耽误

他们敲击火花，一天也不懈怠

天空中最明亮的星星

总显得高风亮节，器宇轩昂

这群不倦的人，用骨头里的光华

润泽事物的内涵，铸塑未来华彩

他们身体里藏着一座矿山，仿若

卷起的千堆雪，在万物诵经的时刻

拖着山峦和大海，奔跑在时光之前

蔚蓝在不远处，百舸争流的景象

常态为一曲飞翔的乐章

强大是必然的，每一面迎风的旗

总能插在壮美世间，秘而不宣

向大地致敬，向工匠致敬

向绿色开放文明清朗致敬
向跬步千里的舟楫致敬
以格局，以器度，以品质
惠及金属的每一个乡愿和旅途
以及，我们最体己的力量和家人

熔铸

齿轮交合，进入事物的不朽状态
物质坚硬，文明光洁
在澄明的梳理中还原澄澈
就像一眼锋利的山泉
渗透物质纹理，悄无声息

开始总会有些痛感
这是熔铸的真实感觉
接近闪光的灿烂部分
铅华隐退，光辉峥嵘
我能看见质地的亮度
比刀入水更干净
当然，还可以更加深入
在流金岁月的嵌口，精确文明

晨夕之间的涤荡，早已水到渠成
没有一克矿石落下

没有一星钢铁喊疼

"在此消彼长的传统中

唯有熔铸的力量

才可以将脆弱的世间打磨得坚硬"

我们历数无尽的日月星辰

终将像河流搬动大地上的诗篇

希望漫过草尖，万物起伏鸣啾

——光圈微缩，万物皆有轮廓

时间的报章，鲜活着一些人的光辉

曙光西里

除了一条河流拥抱的宽阔，我还拜望

一条以曙光西里命名的大道

是碳硅锰磷熔铸的水经注

是一个美妙的工业符号

当然，来来往往的人从曙光走向曙光

再往曙光的故乡撒播曙光

霓虹灯掠过细密玻璃

河流波澜不惊

钢铁森林的速度锋利

梦想灼灼，闪闪初心

一盏灯的明亮，关乎世间的温暖

电脑流韵，寻遍时空角落
文明的路上五彩缤纷

十月的曙光西里泼洒湛蓝的颜料
并惬意成亮马河心中的一条水路
当然，它开阔并无限延展
为五洲四海抒写精彩
舟船如鲫，在海水澎湃中编织程序
人如雄鹰，梦想中暗藏着精彩古典

曙光西里就是这样
一年四季，灼灼的果实压弯枝头
那是辛劳汗水的饱满和妩媚
顶层的灯盏，正用殷红的信念
烛照征程，并向世界的更高处攀登

光辉岁月，每人都有仰望的灵魂

每一位奋斗者心中都根植一方山水

整个四季，阳光巡游江山

清风拂慰绿草

溪流成川，群峰浩荡

在和平铸鼎的刻度

簌簌飞扬的欣喜

重重凝固在历史闪光处

延绵的脉络从陡峭到宽阔

江河无息，密集在文明版图

从瑞雪渲染的时节出发

到银杏抒情的江山寥廓

大地里的绿色心脏，蓬勃

八千里涛声挽留过多少云月

也就演绎过多少精彩

绕过桃花开满的山麓

十四亿信使打马归来

弦歌不绝，和春天一起的自由

终归用春声唤来自由

光辉岁月，每人都有仰望的灵魂
飞翔的，伫立的，高傲的和忧伤的
有的奉献过爱，有些捐献青春和热血
还有一些，在博厚的相册里守候文脉
他们的背影是无边阔大的天空
在过分溺爱的万物面前
将一生的愿望写到天幕
简洁文字，不饰妆彩

星光

每一颗星星都有一个名字，辉耀山川
每一个名字都有一个地址，抵达心脏
诚挚的微小和朴素的善良
多么像故国的树木
贴近城春草木深的忧伤
被沧桑岁月铭记和歌唱

大潮汹涌澎湃，在中国
星星抽出内心的光芒
淬炼得坚毅无法复制
一滴汗水清纯整个世界
即便被风吹散，也怀有闪电
在飞翔的青苍，星光阿
以尘微片刻之心

伫立时光漂泊之中

那些转瞬即逝的田园在星空下有多开阔

一滴星辉就可以诠释

一地灯火绵延大地上的梦想

华表

和平生长是珍贵的

见证或亲历的烽火，也是珍贵的

七十年了，风霜高洁

像最先根植世间的陨石

两座华表依然在它的纬度里

安抚春秋和大江大河

诗词和传说在夜晚布道

它们赞美勇敢和智慧

以溯流而上的姿态

纤夫一般绷紧青春

俊采星驰，甚至融入泥土

纤草历经荣枯，接近丰茂

而我，怀着涵泳的深情

肃穆寂寂，涌出的敬仰

仿如时间的宪法，在历史深处确认

把垂落在地的爱扶到恒木上

瑞兽经受不住宁谧

悄然走进古典菁华

与一团绿色在地面相拥

几乎倾尽了浪漫

一座城池，在青松闪现

沿着笔直的线条抵达景仰

看到露水轻浥长街，落叶覆盖一切

所有的光线抵达时已经陈旧

毋需点名，岁月代表一切

花朵，吹亮灯盏

朝霞，心怀蓬勃

它背后的庄严和宏达

像一枚词牌

俯首大地，默念经卷祈求福祉

京畿雪

抒情的雪，在京畿深情加冕

白衣桥的白，是千年飘落的发

一笼寒烟，画廊苍茫起伏

晴雪梅花照玉堂

榭桥春亭馆阁楼台，哑然

京畿局限于一枚铜镜

为自己的妩媚加持高傲

一支横笛，枝节音符

柔不过宣纸的白

让北国无言以对

淘气的小铃铛，弹拨檐下的风

行走的人，过于赞誉了天地

梅花才是一朵燃烧的雪

张开翅膀的飞翔和经久不衰的华彩

让隐于心的花一片一片缤纷

一行鸟影穿云越翳

京畿靓装舞步

宠出来的风景也宠着人

护光者

怒涛再一次压低岸坻，大海

幽深得收紧呼吸，灯塔之下

那厚实的力量像倾盆大雨

淋湿了浪奔浪流的一年四季

暗黑淹没了樯橹

你却亮出了坦荡

极目广舒，你一再精雕细刻

草木和万物滋生春光

一节冷风袭过

将灯火摇晃

坚毅的人，张开双臂
他们护佑灯光的身影
恍若大佛，宽展额头
被灯光投射出铁的庄严
风雨之后，火苗坚韧，希望顽强
护光者和神灵，收拢一粒粒火种
即使星月落幕，大地低垂
只要这些护光者，以拱星的姿势
呵护灯塔
我们就会有无限的光明前程

红星，照亮中国历史的封面
——庆祝中国人民解放军建军九十三周年

山雨欲来，闪电还在酝酿

雷声激荡在地下

夜色如夏日收紧的古松

江西大旅社的灯，注定

与绽放秋日的杜鹃一般殷红

烛照被乌云侵蚀的街衢

中山北路 380 号，信念淬炼得

星火迸发，意志磨砺的口令

再一次激荡理想和历史

那群火苗飞扬在胸的人

笃定和英雄一起照亮天空

直到血雨纷飞，直到映山红绚烂如海

雷鸣响彻天宇，震烁

亘古未有的事业

尖锐的闪电扑打人寰

光明安营扎寨

直到如今，街上的人

路边的草，山间的鸟

沐浴着柔和的光泽。南昌

广场载歌载舞，水田秧苗葱郁

一排排的诗句，错落有致

它们和英雄比肩

和雕塑同样肃穆

成为平凡的建设者

而所有的后来者，坦途疾步

被时代打亮的脸

应和着世间万象与温暖

谁能让灯光如炬，熠熠不息

谁就会成为大地上的主宰

血浸透的地方必有传奇

杜鹃殷勤，传唱赣江涛声

在一章关于八月的乐章中

金戈铁马，风雷激荡

草木不屈不挠，大地燎原

草鞋在炙热的土地上穿行

在枪林弹雨中追步革命

没有一本书能够记录如此博大的题材

如果再追溯前时

他们目光坚定，意志如钢，血脉偾张

抒写浪漫的手，操持着理想和现实

阳光万丈，气贯长虹
在洪流滔滔的潮头
中国历史的封面，灿若朝阳

如果要准确丈量这段历史最闪亮的坐标
需要各种数据和工具
当然，仅有勇敢是不够的，还需要
正义，担当。再次拨亮的灯盏
已超乎我们的想象力
从旌旗到鼓角，从月出到日落
万物盈满生机，不可蠡测和描述
在星星隐耀的深山
在月光晦暗的老林
我看见一队队人马
将钢枪的意志和一个民族的命运
交给时代的主人和黎明

峥嵘岁月，谁主沉浮
我听到于无声处的惊雷和豪迈
古老的炮口荡漾赤焰
雷霆、风暴和狂飙携裹着脚印
步步艰辛，步步坚定
红日泼彩，赤练当空
烈火一样燃烧，海浪一样汹涌
像罗霄山一场宏大叙事

像赣江一场泼辣表白

像蕴藉万年的地下熔岩，汪洋恣肆

浩浩荡荡，熔铸鸽子欢飞的广场

南昌，你是一位优秀诗人

把稿纸当成田间，稻菽高低起伏

山茶朵朵鲜艳，汇就

《采桑子·重阳》里的盛典

收割者，是旗帜上的那缕火焰

风兮雨兮，沧海桑田

如今南昌的街面和楼宇，依然

呈现着他们当年朴素的愿望

红军在这里肇始

红歌从这里传颂

红旗从这里飘扬

作为信念，它们根植在岩石上

宁静，寥廓，优雅，肃穆

盛开的吉祥并能准确进行现实的预言

南昌，月光是今夜最美的山泉

我双手忍不住捧起

涤荡内心的热流

抒情，流于苍白

夜的黑，与月的白

哪一种更为深邃

这需要问一粒种子或者石头

也需要问一位山间行走的布衣

世间所能呈现的美好

都有闪电的皎洁

新气象，新隆昌，新梦想

在一念光辉灯火的尘世

唯有赤诚于大地的歌者

常常把怀中的歌

嘹亮得如同大河

而绽放的山茶花，一直烂漫到

河岳山川，神州角落

当风雨停歇，宁静来临

雕像成为历史的具象

南昌，你的东西南北

洋溢自豪，一览无余

伴着和红旗徐徐升高的光芒

虔诚地低下敬意的头颅

时光深处的十字路口

每一个经过的人

都可以从人群中分辨历史的影子

在最美的年华，做最绚丽的梦

"红星照耀去战斗，

青山奔走，大江疾流"

无论如何仰视这个世界

彼处都是燎原的史诗

光明的浩大阻挡了黑暗

自由飞翔的灵魂

只屈从土地上的生灵

她们的命运和前途

已与奋斗紧紧牵手，一生一世

那种坚固和柔韧

足以堪比世上的长城

三月，以大海的名义书写

春雷浩荡，请柬瑞雪
春风就此扑面，在辽阔的海面
一艘巨轮扬帆远航
在蓄满力量的宽阔处
新时代征程的霞光，静水流深
大海无穷的湛蓝，衔接天空的暖芒
那些白云深处的目光，披星戴月
落定在欧阳子的佳句深处
洪波涌起，青冥浩荡
万水千山，和一首盛大的史诗同样声韵
一束光和一簇簇光汇聚的巨流
置于阔博的世间
在日月光华里澎湃

每一次注目大海
总被无边的力量震撼
这些激荡生机的力量
三月，以大海的名义书写
看一个民族正叩关跃马
宏启航迹，用巨笔

深情勾画出一个大国的远航梦想
而甲板上铺满的光芒
肆意伸展向阳的角度

"籍凭人民的力量成为复兴征程的领路人
胸怀光明，指引方向，捐献智慧"
纯粹的三月，找准柔和的音符
以清晰的节拍，弹奏序曲，不绝回响

舵手

在任意的晨曦，他总会叩醒黎明前的寂静
是辛碌后的舒展，还是虔诚迎接
天空中最明亮的星星

远航，注定是舵手的宿命
他用浪花的明亮
济泽事物的内涵
向前一步，海阔天空
向辽远处奔腾
总能听见千军万马的激越
锦图在心里，光明在眼里
他和水手们的期待
在一张崭新的日志簿上
浩荡成黄钟大吕的乐章

辉煌是必然的，迎风飘扬的旗帜
总能在最深的港口，热情歌唱

优秀的舵手总是这样——
大器从容，胸有成竹
以樯橹交代在大海上的每一度经纬

迎春风

春风浮动，阳光氤氲
天地祥和，万物灵动
墙角的花草沐浴阳光
一片白羽，高处飞翔
刷新岁月的生动

三月的祝词在静穆中澄澈
春的颜色，淋漓逶迤
世间的欣喜，一车车驶向江山
行稳致远，光荣与梦想
越来越接近现实

谁的声音能唤起对历史的敬辞
在洪大的巨流面前
九曲华章，华美瑰丽
清朗的天空中飘荡芬芳

春风绵长，绵长得如同大河

依次抵达的孩子和幼苗

被春风无限守护

起伏于白云之上，丰润南北

柔和的暖，让每一位路人惊喜万千

以战士的名义集结
——献给抗疫第一线上的白衣战士

一

束发，白衣，护目，和凌厉的风一起

在逼仄的空间望闻问切

没有嘘寒问暖的欢愉

抖落在地面上的雪白

是江城盛开的凝重雪莲

一声轻微的咳嗽

惊碎春寒的薄冰

她的背后

已远远排成一望无际的祈求

护目镜片后的热灼，穿林越梢

在苍阔的中国

缓慢有序地叩问春天

二

你的袖口藏有秘笈

你的瞳孔写满宝典

妖娆的花冠野性恣肆

你握着命运的利刃

划开厚重的阴霾

阳光璨璨，覆盖城郭

一路磅礴的大江歌流

引合着溪流轻微的喘息

云消雨霁，乍暖还寒

该如何大声念出你的名字

我能记住的只是你的称谓

肩扛使命，心怀仁义

护民襄国，义无反顾

三

体温计、镊子、柳叶刀、可卡米苏

二十四小时向新冠开战

时时刻刻与疫情竞争

我写不出柔弱的文字

一个字根就能满格致敬

除了战士，没有人比你更有力量

我必行注目礼，这样

隔着排山倒海的期待

和你在刺鼻的气息中一起忙碌

你在哪里，哪里就有安然

生与死的切换就在黑白两侧

太阳双手合十

月亮大汗淋漓

而不被新冠加冕的头颅

在集结的阵地绽放新春

你是战士，一场独特战役的大战士

脱下战袍的间隙

你比土地宽阔

江水一般绵长

如果名词可以涵盖世间

大战士，是唯一的敬谓

四

和白云一起，也和料峭的雪同色

但你双臂之下的枯枝已然发芽

我能作为蜜蜂的翅膀

提前预兆光暖来临

把汹涌到来的福祉

多一些沁入人心的暖泽

撒播倾斜的尘埃

那些扬起的眉毛、眼角

殷殷清扫眼前的阴郁

在一枝梅花恭候朝阳的剪影处

我的祝福显得苍白

江城入画里，山晚望晴空

万家灯火，烛照世间的起伏和漩涡

战士肩头缀满桃枝

绵密抽打雨夜的霾，细菌，恐慌

作为杏林的舞蹈者

他们妙手回春，肩担道义

在打开大地之春的城堡时

竭尽一生的蓄力

五

以战士的名义集结战场

成为生命阵地的组成部分

山陂、河流、江滩，沙洲

战袍坚硬的衣角，清晰

划出阴阳之间的楚河

在希望中接近吉祥与恬然

靠近草尖上的村庄和黎明

转身，光影锐利，灵魂肃穆

完成一段岁月的淬炼

一队又一队的战士如同铆钉

沉勇定格制胜高地

匍匐在战壕之外的人们

前方于无声处，惊雷铿锵

后面白衣簇簇，形同方阵

最细切的号角也能唤来春天

大幕绽梅

缤纷中国，翠绿城深

六

李树挂冰，梓树披雾

水流中的生灵一动不动

假如来年，春满江城

这些久远的记历，总该叙述

在记忆最深刻的地方

"加油"是简洁的独白

最感动热血的节点，逆行而冲

温暖彻骨的冷

万千军马，不置虚词

我想沿着他们的足迹

迈着健朗的步子

给背后的非虚构培植青松

把刻骨铭心的痛从心坎剔除

仿佛合上一本英雄传记

每个人物的头顶

都有一冠勇毅的守候

赤诚之上本真和初心

盘桓绵长的叮咛

只有亲历火的冷

方能接近绚烂的红

七

一名战士和战场同在
在无休的拉锯战中，愈加绝情
她扬起的旗帜彰显悲悯
身后的队伍逶迤无垠
越来越像追日的夸父
汗水融入汉水，形成漩涡
长江摇撼的岸堤
烙印逆行者的芳华
珞珈峨峨，铺满生机
一株早樱，满载期许
所有的战士都在阵地上
但春天不会聚拢一起
战士，我想轻声喊你的名字
珞珈回响——
在开启春天的阡陌上
人如大江，奔宕不息

十月，光明是中国的前程和底色
——庆祝中华人民共和国成立六十九周年

在黎明的宽阔处

在时光浓缩的皋处

十月和所有静穆的光体

庄严于大地的宁静

一场盛大的合唱，在隐秘地操练

没有枪声和帷幕

没有礼花和彩虹

整个时间的深处酝酿的和平

被逼近的光芒有序重设

为苍生命名，为新生命名

为人民命名，为江山命名

在过分溺爱的万物面前

为比世界更广阔的生灵加冕

十月的概念尚未形成

飘展的旗帜和星斗

跋山涉水

以坐标的刻度伫立大地中央

送达的照耀比天空还要明亮

彼时，风尘仆仆的赶考者

把光明作为使节排山倒海

向凌乱的世界送上崭新的格致

向迷蒙的旅途奉献清晰的方向

在时光从心头开始晴朗的漫长中

太多的五谷与时光相会，沸沸扬扬

一场新雨洗礼世界之后

破壳的音节有光

发芽的声响有光

奔涌着传递力量和蓬勃的也有光

当冲出地表的植物轻摇

当逶迤的山道人影绰绰

当一场硝烟和焰火弥漫

当一线曙光和红星辉映

十月红了，红得像熔岩海洋

这是世间新生的时辰

也是英灵者的节日

在抵达十月之前的旷野之上

一棵树与一棵树在地下牵手

一寸土地与一寸碧血融合

呵，光明的十月，磅礴的十月

毫厘之间都纳入全新的元素

像打开黎明之晨的浩瀚

苍鹰翱翔，戈壁闪光

毡房吉祥，牛羊蜿蜒

包括隐秘的大河

贴近土地的柔软和坚硬

在明里暗里喷薄的期待中

欣喜地等待橄榄编织的王冠

在太阳和秋天的领地

十月和朝霞一般，熠熠闪闪

供奉先烈的祭坛

与灵魂一起升高

从宽阔处倾泻的光芒

汪洋恣肆地镀亮历史的每个细节

即使仅用铁锤的重量，镰刀的锋芒

十月奔宕的激情同样淬炼世间峥嵘

时光每一次更迭，都会选择向上

向天空深处倾诉

向日月星辰致意

没有向上的也有很多

比如扎根的石头，匍匐的暗流

比如缭绕的忧思，恬静的睡莲

和路碑一样的语言

这些来自传统的祥瑞精灵

惊醒了蕴藏自由和高贵的大地

在圣洁的人民广场

信仰和意志整齐亮相

它们仰望齿轮和金穗的构图

它们无限期寄地嘹亮长空

它们的手臂聚成森林

它们的视线从一个角度新鲜舒展

修葺田野，扮靓街衢，倾尽智慧

当时光和秋天在新修的跑道上赛跑

呵，十月，在你出现之前

遒劲的九月尚未渡岸

从奔流的岩浆中寻找宏大的角鸣

让每个期许成为有分量的个体

只有正义力量

才能无坚不摧

在成为塑像的闪电面前

这片热土之上的子民

还有那些满含热忱的追随者

擎着理想的火炬

盛开着渴盼的眼神

果决追步大时代奔涌的潮头

荣光根植在土壤深处

像山涧游弋的晨雾

沐浴着柔和的光泽和慈祥

山川载歌载舞

水田秧苗葱郁

一排排诗句，错落有致

对应着世间万象与春秋

呵，十月，你的辉煌加持着我的国度

如果要准确丈量这段历史最闪亮的坐标

火焰、热血、呐喊和前仆后继是大数据和中国重器

当然，仅有这些是不够的，还需要

正义，担当，襟怀，眼光，自信

再次拨亮的灯盏，燎原

光影深处的事物已超出我们的想象

从旌旗到鼓角，从日出到月落

万物葱茏，不可蠡测和描述

在日星隐耀的深山

在辽阔苍茫的林海

因为你的公义，呼应你的名字

因为你的理想

成长的稼穑浮动不屈的气息

彷徨者变得果断，无力者变得有力

羸弱者变得健壮，落伍者不惮落伍

勇敢者腾挪在子夜前的刀光剑影

他们在风雨如磐的岁月中永生

他们在一场意外的战斗中永生

他们在破残鲜艳的旗帜上永生

他们在温润洋溢的彩陶上永生

他们在冰冷沸腾的铁器上永生

他们在大河依恋的河床上永生

在他们最为浪漫的想象里

红装，素裹，晴雪，彩虹

是十月背后的精简构图
黎明，晨曦，阳光，银辉
呵，永恒的十月
是中国最锃亮的前程

呵，十月，在你从名词转换为形容词之前
你恢宏的华章告诉我们你的前世
在你成为储满精彩的叹词之后
每一个符号都参与了世界的刷新
在你的铜镜合着希望越来越充沛光泽
河岳沿着光明拔节，随着芝麻开花
你的憧憬和未来，浸润着边塞安宁
成熟的眼神绽放草香和稻菽
你是最强大的力，是最慈善的刀
你是最丰腴的美妇人
是最沉甸的轻盈和萧逸
你是一束照亮前程的光
是一线廖远的蔚蓝
在高于飞翔的鸽哨处
你的背影被黎明的清风梳理
伟岸的身姿，牵引着寰球的眼睛
那炫目的光芒让瞩目者惊喜
让迷途者找到一往无前的坦途
你有永久的壮丽，辉煌绚烂的美
如同广场上的圣碑

高耸人心，无可撼动

呵，十月，前仆后继的漉尘大道
高出路基的是英雄遗言和骨头
穿过弹片横飞的间隙
扛鼎红星使命
在呼啸的风暴中心啼血呐喊
呵，十月，你在时空中耸立
虽不漫长，但，是纪念碑与闪电共享的
一个永恒。云从龙，风从虎
待赶考者的步音伫立
大段光阴瞬间就汇成浩荡巨流
十月，你的胸襟山高水长
风起云涌，浴火后的身姿
金硕饱满，葳蕤九州
巷闾和瓦肆间的民谣
淬火后成为新的铜墙
成为这个国度的铁壁
横空出世，莽昆仑，阅尽史诗
光明的浩大联袂十月，翩翩起舞
自由的奔走，只屈从土地的召唤
我们的命运和前途
已与十月紧紧牵手，一生一世
那种坚固和柔韧
足以抵消世上的长城

江河起伏大地

世间五彩缤纷

辽远的地平线

我看见晨曦一点点浸润

沿着笔直的山脊抵达干净的母语词根

没有一个月份如此刻骨铭心

六十九年以来

再往霞光的故乡撒播霞光

在更为陡峭的峻岭

在更为峭拔的山巅

十月，披带着黄金铠甲走来

在晨曦点亮眼睛，在黄昏迎接星辰

让一万个村寨鸡鸣犬吠

让一万条大街川流不息

让一万艘大船载欣载喜

让一万座大山葱茏溢翠

当你还在续写属于当代诗经的时候

文明和秋天约定交汇

受孕的十月越来越丰韵，越来越母性

沉醉的幸福在江山安营扎寨

呵，十月，最美的河山需要你巡游

同样，无边无际的天空需要你守护

当你赶着金马车驮着白云的时候

流金的日子早已泼墨广阔的蓝图

在草垛像涌动着永不停息的波浪之前

十月，你在暖芒里惬意打量

桑麻把话说完，鼹鼠探头探脑

麦子的金穗头，谷子的金穗头争先恐后

像最初的古典民乐接纳菁华

当天籁之乐的第一个音符迸现

十月的礼赞就生生不息

它歌唱普天之下的劳动者

它赞颂平凡岗位的建设者

它优雅地接生婴儿，肃穆送别亡灵

它在每一个时刻繁衍大地生灵

它在每一平方息壤上辛碌栽种

它在每一个哨所枕戈待旦

它和清风拂过山岗

和明月照耀大江

它大方地恩赐和平、福祉、富足和梦想

它让生命的柔韧舒展自由的亮度

它慷慨的赐予已经远远超过了我们的付出

殷勤的十月，大方的十月

富饶的十月，瑰丽的十月

它给日新月异的中国赋予尊严和骄傲

它为新时代的宏图注入永无枯竭的彩墨

它是新征程上的路标，是刻骨铭心的爱

它是时代的图腾，是生命对母亲的敬仰

它在我们的梦里一刻都不曾消隐

它在我们的心底始终坚如磐石

它和我们一起欢乐

一起舞蹈，一起流过眼泪

它的脉搏和我们的心跳、生命连在一起

呵，不朽的十月，当一束光投射过来

光明就是中国的前程和底色

史诗，每个汉字都倾注着对祖国的深情
——庆祝中华人民共和国成立七十周年

从十月开始，中国就进入创作期

她需要一部史诗祭奠翱翔的英灵

她需要小小的虫子吟咏，细雨合鸣

她需要寓言和种子，传播无数的爱

她需要劲风，展开鲜艳的旗帜

她修改冬天的音符

修改在尘埃中沉浮

令人心碎的寒冷和困窘

她期待大山奔走呼号，旌旗猎猎

一条大河的磅礴和柔美

以羞涩的朝霞方式

把世间的喜讯撒满城郭

永恒风尘仆仆，抵达广场

泼墨中国，灿烂一幅经典画像

甚至，天地之间的纤尘和星辰

也如砚台之核的珍珠镶嵌在字里行间

天空是诗集的封面

大地是诗集的封底

三千瀑布，彩釉瓷画

漫天黄沙，平湖高峡
所有名词连缀一起
淬炼岁月，涵泳历史

这是怎样的开天辟地啊
和一株向日葵并肩眺望山河
田畴齐整，暖风蓬勃
义勇军的曲子
在每一个清晨，熔铸信念
我能仰视的景致
燕子衔泥，鸽子浅翔
橄榄优美地沁入广场
而更美好的事物纷沓而至
聚拢的脚步一致向前
逾越语言和地理上的维度来到这里
在时间的坐标上
把山川想象成天空
种植理想和星斗
建设者的背影嵌入河岳，泼墨草甸
把大地装扮得郁郁葱葱
我也见过他们焦虑、忧伤和勇毅
甚至是偶尔的流泪和叹息
在每一场踏荆启程的
叩关中，遒尔远逝——
这是他们与土地相爱的最美方式

这些已成为火热时代的经典表情

每一次与岁月的诀别，不过是

追赶希望的成长

每一次把筑就的路轨拉长

不过是缩短回家的路程

钢铁和植物都有灵性

它们的鸣叫，被时光深度雕琢

一寸岫岩之下的心结

被粗糙的手翼翼打开

啊，曾经浴血的角落焕发新妆

就像十月的金色隐喻辉煌

每个汉字都倾注着对祖国的深情

想象，汉字是一条澎湃大江

把爱从大地铺满大地

它们紧紧依偎年轻秀美的母亲

毫不冷却体内奔腾的血液

越辛勤，嫁接的幸福就越丰沛

那些会呼吸的琥珀，会飞翔的翅膀

闪烁盈多微光，婆婆娑娑

在没有一寸多余的疆界

吟咏被光芒放大的气象

荣耀在广场口碑传唱

涤荡人心的豪情壮语，熠熠

一根草茎代表着世界新的经度

以坐标的刻度伫立大地中央
送达的照耀比天空还要明亮
越来越美好的愿景
不容分说地踏上坦途

在这部长城作为书脊的巨著里
光明和北斗，青春和芳华
砥砺和崛起，富强和正义
依次铺开，底色殷红，密不透风
五谷起伏，英雄遍地夕烟
世间所能呈现的美好
都有赶考者不可描述的艰辛
都有日新月异的奇迹
他们坚守勤恳，用粗粝和灵巧
把屹立东方的梦想变成现实
诚挚的微小和朴素的善美
多么像城春草木深处的喜鹊
抽出内心的欣喜，演练新曲
向汗水鞠躬，向河流行注目礼
和擦身而过的白云对话
在一念光辉弥漫的尘世
赤诚于梦想的歌者
常常把心中的歌
嘹亮得一江春水，波澜壮阔

每一个字节都有丰富的意蕴

每一个名字都有详细的地址

看啊，一首首洋溢豪情的诗词

在辽阔无垠的版图上闪光

在巨流澎湃的入海口

在山舞银蛇的丘塬上

雷霆轰鸣，壮怀激烈

目光远大的领路人

甘愿以粗粝的茶饭

带着灼热的家传种子

培植对新鲜泥土的热爱

最冷的时候

他们用骨头的热对抗风雪

他们为大地穿上棉衣

轻轻温热，一颗丹柯萌芽的胚胎

风霜雪雨，他们像展开翅膀的灯塔

勇敢地擎着火炬

在波涛汹涌的大海上奋力划桨

在最初的晨曦中恭候和平

在晶莹的露水中亲吻国土

他们和英雄比肩

和雕塑同样高洁

被时代镀亮的脸和意志

应和着草木的柔韧与本质

融入历史的骨骼和血液

在越来越高的希冀中升华

风雨七秩——

成就了岁月最壮丽的篇章

和史诗最精美的插图

苍穹中的红星是烛照史诗的灯

镰刀锋利，披荆斩棘

铁锤铿锵，夯实地基

那是我们建设的家园和利器

它们的炙热和亮度

闪耀着创造的朴素光辉

盛开的锦葵检阅人间的虔诚

献给今天的光明都会烛照明天

即使默默无闻，阡陌也会镌刻

那阡陌就是人影、草木、春耕、秋播

日子沸腾，摆放现实的殷实

从一颗热泪中感受万涓成川

从一个音符迸现天籁之乐

从一个婴儿眼睛读出新奇

从一束光华展现锦绣未来

从一棵青松集结青春光亮

从一串脚步谛听汹涌涛声

花开中国，回荡韵致的清唱

雨后斜阳，水洼里蓄满爱情

在流星雨叩击铁轨的时刻

在紫气包围的窑洞和瓦肆，以及
信仰抬高的通衢街间
呈现出祥和与蔚蓝

史诗的词根横平竖直，刚直不阿
犹如井冈翠竹，拔节生长
用穿越时光与风雨的抵达
书写着新时代的速度和温度
在九百六十万平方公里的热土上
参天成一种传统和文化
她们扎根在"一带一路"的智慧里
她们扎根在薄厚无息的沃野里
她们扎根在风起云涌的春秋里
她们扎根在风急浪高的商海里
她们扎根在浩瀚无垠的沙漠里
她们扎根在肃穆神圣的界碑里
她们也扎根在人们感恩的心田
她们无所不能地创造和创新
在一点即明亮的岁月
画出塞北江南的妙曼
画出银鹰骄傲的飞翔
画出江山多娇的诗意
画出海纳百川的辽阔
画出高贵的良知和初心，以及
闪电之后轰隆隆的春雷之声

朝雨浥尘，曙光打开一座城的扉页
万家灯火，应和万水千山
卷起的千堆雪和三千里江河
撞醒着所有追随者的梦想

流水折叠光阴
雪霜淬亮历史
含苞的新枝在梦想的壁上氤氲
文明喧腾在土壤深处
生活移入花朵和美酒
光明之物，在它的里面凝聚成智慧
一层层为人民加冕
一层层为江山加冕
一层层为万物加冕
在过分溺爱的世间
为比世界更广大的生灵扩展
大地至爱的后裔
骄傲于灵魂的亲切
像一匹丝绸的暖芒和柔亮
加持着我的家园和国土
阳光升高到第七十个台阶的时候
世间万物都苏醒过来了
都欢跃起来了
摇响历史的宏大旋律和主题
催生着大地滑向瑶池

在这段历史最闪亮的坐标
风华在温润洋溢的彩陶上
强大在大国工业的本体上
和平在冷冽青锋的重器上
富足在农具靠近的根茎上
宁静在草木拔节的细切上
慈航在庙宇钟声的悠长上
光明在草尖舞蹈的窗台上
晴朗的日子盘踞屋顶
透过迎接世界的门窗
我惊叹史诗的深厚
和母语词根的纯粹
对应着世间万象与春秋
啊！每一个方块里的象形或抽象
都隐喻着风华正茂的中国

啊，没有一部史诗如此笃定与博大
没有一尊黄钟能够如此恢宏
铸于十月的金鼎
足以装下大海所有的歌
足以装下土地所有的热
足以装下人间所有的爱
足以承载十四亿人的梦想
赞美不需要语言
蹁跹的丰饶

像欢欣的鸿雁迅疾飞向草原

七十年来，爱容纳一切，奉献所有

枝头发芽，呵护花蕾，果实饱满

旭日故乡的旭日，殷勤地

为绿水青山铺叙菁华

小心地把爱扶上稼穑

挂果在灯影之下的笑声里

在高于飞翔的鸽哨处

种下一颗颗柯丹的赤诚

放入史诗和四季头顶

宁静安居的金山青冈

洋溢着一望无际的美

幸福得让我热泪盈眶

而飞溅的青春和爱恋

灯火阑珊处的油彩和憧憬

蓬勃无序地挤破无端的栅栏

自由，澄明，闪亮

清风，皎月，流溪

吉祥永久地挂在江山门楣

和我们一同齐声朗诵

并能准确进行现实的预言

一场浩大的春风从海上腾起

滋养亿万满怀中国梦想的人们

海上丝绸之路铺满了星光和湛蓝

远航不断叠加的愿景

一节又一节的颂歌写满意志

在晨曦的安宁之顶

整个中国的新征程呈现大美

我能歌唱的嗓音也一路歌华

新时代不断谱写属于人民的主题词

领航的船长的啊

你的目光和胸襟

你的智慧和和魄力

给土地带来殷实

给华夏带来尊严和荣耀

在汉字最闪亮的平阔之处

越来越感受到砥砺风雨的魅力

啊，我的祖国

成为蔚蓝星球最优美的部分

崭新的今天瞬间成为辉煌的历史

在它浩渺的深处，雷鸣经久不息

回荡万众一心的热爱和景仰

因为对春秋的眷爱

我分明看见强大的中国

夜以继日地种植汉字

以瓷器的质地增添光彩

一卷文明的今天

是五千年的巅峰

是江河湖海的银簪和灯塔

钟鼎肃穆，花色流苏

平平仄仄的韵脚风平浪静

啊，我的祖国

用如椽巨笔书写新时代的初心和微笑

这部回荡艰辛与荣光的史诗

真的大气磅礴，风生水起

大段的金玉良言应和时代

成为饱蘸阳光的笔锋

深情抒写湛蓝的理想

四海欢腾，云水怒放

五谷丰登，岁月安宁

当然，史诗中的字词也在奔跑

从一条山川抵达另一条山川

从一条河流汇入另一条河流

从一个春天抵达另一个春天

逶迤绵延，恍如飞天

如同一张中国地图和灵魂

如同母亲手指间的一根细针

细密地缝合春天的绿裙

也像大地之上的民谣乡风

跳跃的音符，弹奏出快意风华

彩绘过的地平线

燃烧的黄金浩荡飞驰

与天使作伴，与文明促膝交谈

每一个字符，都根植在中国花园深处

它们结体严谨，欹侧生姿

神采奕奕，甚至横空出世

承载着时光高处的愿景与脚步

随着溪流和草叶间移动的虫子

慢慢拖来互为亲切的祝福

桑麻和五谷回到封地

鲜美和光亮储存故乡

呵！我的祖国

种植丰腴，也种植思想

皎洁的白，是银子的火焰

是春天栀子花开的浪漫

是金马车驮着的白云

是涌动着永不停息的时代波浪

是古典民乐中的蒹葭

是刻骨铭心的爱的眼泪

是岁月雕刻的镜子，蕴含足音

是史诗的漩涡，会笑

是视线从一个角度的新鲜舒展

是我们的共同脉搏和情感

抽出其中的一笔一丝

所有洁白无瑕的温暖词汇

如梨花泱泱，覆盖河岳

风展的景象啊

仿佛星空灿烂得宇宙一样

而又该怎样珍视命运赐予的高贵
巍峨的大船乘风破浪
放歌潮头，触摸息壤
那遥远的天涯，轻轻一划，切换美好
深秋大雁飞过的长空
落霞齐飞的绚烂之秋
将托起旭日的手净化得一尘不染
把梦想托进万物脉络
丰收和祈祷融在一起
彩虹和蓓蕾被爱成果子
亿万手臂聚成新的森林
创造出永恒的时间
并把时间建成宫殿
让黎明和人们乔迁新居
诗一行，花一树
光明的前程缤纷
提起有关祖国的言辞
那些盛满着光阴的流水
把江山濯洗成盛世诗句
温暖的词，就是成群结队的燕子
在一场追忆岁月光辉的盛典中
她的优雅和魅力
她的自信和力量
璀璨夺目，无与伦比

十月是一束炫丽的光华

每一个十月，都是青葱后的金子

花朵把话说完，阳光铺天盖地

秋天淋漓，浆果捐献饱满

从传统深处泊来的铎铃

清悦世间，装扮光阴

十月是一束绚丽的光华

十月是一线寥远的蔚蓝

光华镀亮的河岳

洋溢灼灼，相生相容

在一滴露珠上

我看见晶莹的十月

在一行足迹里

我感受十月的力量

瑰丽的光，澄澈的光

浸润梦想，照亮前程和命运

那些怀抱着的期待，绵延无际

鸟和自由欢跃

星月和永恒比邻

沿途的沧桑和风雨

被十月的灯盏，打开内心

所有的预言，在手掌里沸腾

蓝天里鼓荡的葵花，是一种火焰

在光影弥漫的空间

自由自在地旋转

十月啊，你背后的万千气象

悄无声息，深不可测

是这个季节的金玉良言

长安街

恢宏，大气，展铺十里

与里弄街衢相比

这更像一部大型史剧

在这段最为精彩的历史标段

岁月流金，尘世间的光辉

点亮河流的走向

壮美辽阔的背景

植入沉甸甸的构想

在历史的风景区

我们景仰历史的传说

在风雨如磐的拐角

先贤森林般的手
采撷属于时代的果实

光阴沉浮，悠悠抒怀
一条大街赋予兴衰
叫长安的名字，数不胜数
唯独它地地道道，本色铮亮
质感，坚硬，坦荡，从容

我必须承认
涤荡后的道路前程似锦
它的节奏，它的脉搏
已经取代了我的心跳
从庄严的起点出发
返回小康的终点

七月，岁月最明亮的部分

梅雨按部就班

大地风起云涌

它背后的春天已落花流水

光线投射的天井，一池清新

一群人，器宇轩昂，肩担星火

七月的主题就此彰显

浦江滔滔，布设经典

为它深不可测的未来，装扮

亘古未有的光霞

七月注定有宏大的序曲和叙事

在黄陂南路，不宜抒发感情

在北京的一座小院里，提笔

把镰刀和锤头投入炉火淬炼

压低歌喉。十三双明亮的眼

让现实和理想泾渭分明

还原历史，播种真理

被海风浸润的长衫，意气风发

江水一样绵延，向遥远的蓝

七月流火，他们定义中国

那些熠熠生辉的景象，恰切生动

铁的冷，火的硬

血的热，心的红

他们和草木联手，揭竿而起

腾出的空间弥足珍贵

破碎的暗影，被狂飙的新生席卷

——七月栽种的主义

光明丰沛，磊落坦荡

红星闪烁头顶，引领航程

七月之后的荣耀和牺牲

只属于赤诚与赤子

峥嵘崎峻，挥斥方遒

在大时代的飓风和漩涡中

信仰的火炬不曾黯淡，殷殷烛照

红装，素裹，高远，大河

是七月背后的精简构图

——盛开的阳光缤纷华章

七月，光辉洒布，万象明丽

在一面奔腾的旗帜上

和平与幸福形同姊妹

倾听种子发芽

守护翠竹拔节

静候最绚烂的梦想

黎明，晨曦，月光，银辉

永恒的七月，是岁月最明亮的部分

南湖

红船航行，樯橹开始书写

一橹沉重，一橹滚烫

再一橹惊涛拍岸

在湖水盛大景象里

世纪之初的光芒

全部投射在船舱中央的身影

他们的眼里满是旗帜

他们的肩头开满浪花

合着希望越来越充沛的浸润

南湖，一丛丛蒺藜沿着光明拔节

风雨狂飙，湖水生根一般

红船犁开的湖面波澜壮阔

一朵浪花涤荡一个民族

一颗星星照耀无量前程

在陡峭的中国

在廖远的华夏

生命的柔韧在湖水的抚慰下

舒展高贵的格致和亮度

伫立湖岸，南湖静水流深
万涓成川，在烟波浩渺处
一群鸽子贴着水面飞翔
她的身影和姿态如棠棣花开
揉进杜鹃和晨曦的色彩

春天，万物在阳光下纯粹

暖春

鸭蹼撑碎薄冰，春风殷勤

暖洋洋的土地喧哗。江南北国

生动是唯一的主题词

西岭千秋的瘦雪

在明亮的黄鹂声中

羞涩消隐。你能看见的喜悦

燕子衔泥，布谷喊春

还有更加喜悦的呢

邻里的问候流淌乡村

能够打开的花朵都有绽放的梦幻

在嘹亮的地平线上

它们绵密如水

暖意村舍，镀亮街衢

这是怎样的春天呢，我知道

尘漉在草尖上舞蹈

万物在阳光下纯粹

露珠滴沥，晨曦陡峭，希望腾起

大片大片的光明盈门涌室

一寸瓦檐之下的岫岩

合着春天，伴奏光阴

欣喜

在冰面上不肯迈步

我看见帆的悲伤

在窠穴里紧抱翅膀

孵化冰冷的卵

我看见鸟的悲伤

雨雪霏霏的春天

看不见花开，听不见鸟鸣

仿佛世间所有的悲凉

拥堵我的门窗和呼吸

哦，那些躲避雾霾的人

除了赞美海阔天空

他们的对白也总有忧伤

冰消雪融，帆抖落瑟缩

窠穴探出了雏黄，羽翼绽开

赶往枝桠热闹的骨朵

想着一往无前的美好，小小的精灵

明媚清晰，柔亮可喜

它的忧伤也不复存在

蓝天里沉溺的青花

总会飘落乡间阡陌

迟缓伸出的柳枝

毕竟还有些凌迟

细切的暖芒，盘坐在草甸

其实，一朵雪花开始倾诉秘密时

春天的主题已经上路

它们破冰一般，演绎惊喜

麦苗

撒播的麦子安营扎寨

多么像井田深处的光阴

整个冬天，它默不作声，偶尔抬头

仰望东山升起的春

从闾巷游走的风

和大地一起自由

反复抚摸河阳平仄的绿

黄河泛潮，麦苗青青

它紧紧拥抱万物的母亲

毫不冷却体内展开的梦想

越过冬天，我已到了中年
春天催生我怀里的种子
枝头争艳，饱满的人世间
与安宁端坐在如意的丰厚处
谷物绵延血脉，金黄延绵深远

五谷丰登的期待
总和沧桑结伴
我也开始判阅麦田之外的试卷
那些金玉良言的字符和语句
生疏过丰唐瘦宋
粒粒皆辛苦，微凉的叹息熨帖草根

柳荫

立春蠕动，沉溺的情感和生灵探头探脑
泥土和高空，舒展得一望无际
从人约黄昏后的古典里映现
月河下苏醒的一朵青春摇曳
大河平静如练，唯有柳荫
像收割不尽的爱情，恣肆勃发

越来越柔美的柳荫，压低岁月
然后，覆盖尘世
也覆盖我的亲人和悲喜

直至，白露收拢枯枝

好在光阴轮回，坐在三里以南
守着一双眼睛和初春
柳树的冠英扑簌迷离
尽管沉醉，我耳听碎玉
也葆有一壶冰心

炊烟

乡人在黄昏祭拜传统
选择在暮春出发
一天的烟霭炫如楚辞
烟柳画桥，风帘翠幕
青衫瘦马的才子，虚设良辰
和纠结的情绪对擂

乡愁和漂泊蓄满内涵
泪落连珠子的无声，让一只蟋蟀
在桨声灯影处起伏跌宕
恰如其分，王谢堂前的寂静
寒意恻恻地收紧相思

母亲和父亲忙碌厨间
毫不经意，省略节气

悬挂在屋顶之上的炊烟

升到高处成为一种文化

召唤日夜赶路的人

油菜

霜降之后，低矮的油菜收敛动力

让青春匍匐田间

梦想开始发芽

用另一种姿式隐喻俗语

偶尔，它会渴盼一场风雪

强健肌体，丰满简历

选择在冬天隐忍的油菜

终归迎来河流复苏

在整个冬天的凸凹处

油菜的愿望高高在上

像哲学王国的王

选择深邃，低头无语

春天啊，日月不灭的形式

万象春秋都有震撼的美

一席璀璨的风景

让所有的瞳孔聚焦灵魂

和一粒菜籽一样

田间走出的人，成熟之后
土的颜色，赤铁的心

故乡

突然，想给故乡写一封信
就像三月莺飞，鱼儿戏水
起伏的阳光愈发丰盈
一水秀美，被风搅乱

故乡，花丛中的女子会嫁过来吗
大小天竺的慈航和良言
在烟雨中落单抑或弥漫
静谧中荡漾的桃李
是季节筹备的优美嫁妆
门楣黛瓦，山水卷轴
然则，宋元明清的日光月华
在河阴处安静扎寨
它们是上古风吟的雅士
是故乡永久的居民
——岁月浏览万卷辞书
文字模糊，风华依旧

王家坝，每一寸坝体都是祖国的坚强

丘岗逶迤，细小和伟大并列

生灵繁茂，一声民谣彻响大河

名为王家坝的河山

终因风雨的牵拥过于炫目

在鸡鸣两省的版图上

敞开胸襟，义无反顾地拥抱磅礴

一朵浪花就是一粒珍珠

奉献热灼，炙烤着夏天的气流

桐柏之源，蒙洼之端

大河一路澎湃，夹岸桑梓

一览无余的器局，铺满岩石

一滴泪，流浪在心坎

最终，割舍故园，撕心裂肺

大水狂飙，昭示大爱的内涵

流火岁月中的魂魄

越来越瑰丽

越来越自强不息，直至

和一座大坝一起壮丽中国

一座众志成城的大坝

凝聚十四亿人的念想
大坝是钢铁构筑的
大坝是信仰浇铸的
大坝是奉献煅铸的
澎湃的河水饱含辛酸
也荡漾光芒的信念
河床上的砾石接近金色
悄然映亮蓄洪区内的村庄
尘埃之上的光阴，编织简史
奔腾浩荡，激越长啸
指缝掩饰不住恣肆的抒情
水走到的地方
总是平凡质变的力量
哪怕最小的一枝茎脉
也能举起浩瀚的荣光
夏风灼灼熔熔
巨流之力涌向苍阔

洪水来了，胸怀阔坦
连同同舟共济的命运
从洪峰高处倾泻的意志
源源无息
在腾蛟起凤的大泽
恣肆汪洋。健硕的背影
烙印堤坝。水面乡风起伏

明月拂照，经年呈祥

霞光喧哗，山河静穆

隐于平静深处的呈献

让一个民族激荡落泪

该怎样向它致敬

向它表达仰慕

夏日坦诚表白

大河弹奏轰鸣

总有一种情感氤氲水中

如同挚爱活泼的潮汐

每一位匍匐大地的歌者

在这里汲取力量和精神

沉默的人，总让历史发光和生动

那些细微的变化

绿色献给稻菽

金色镀亮群壑

峭壁上的丹霞

肆意涂抹灵魂

一朵花的绚烂

包藏一盏无私的通明

包藏赤铜燃烧的蔚蓝

当历史的歌谣九曲连环

一簇簇手臂连接太阳

所有婆娑的细节

掺和着针尖上的蜜

一座大坝蓄满一段历史的养分
就是一个民族蓬勃昂扬的剧情
它无所不能地涵泳一切，每天
笑语盈盈，彻亮山川赋予的愿景
一朵浪花就有一个纯粹向往
每一寸坝体都是祖国的坚强
中国，这里堆垒的传统
被人民一寸一寸地抬高和弘扬

仰望大别山

——献给在抗战中不朽的灵魂

仰望那些静止的岩石

它们以悲壮的方式抵达

天安门前纪念碑的高度

所有陡峭的山崖，丛生

一簇簇驱走寒夜的火苗

大火之后，洁白的石头

多么像品尝爱情的头颅

怎么自豪地仰起啊

又有谁在你的杜鹃花丛

歌唱着镰刀和锤头

二十世纪的马车

载满了十九世纪的沉重

比沉重更为深刻的

是你汗渍的衣襟上

流血的鸽子，低低飞翔

使你美丽的

是跣足采茶的少女

使你尊贵的

是孕育生命和火苗的妇人

使你在苦难中咬牙不屈的

是你额头之上飞翔的灵魂

在冬天，大别山

泥泞下呻吟的岩浆

以地气的流动，开始独立

而升腾后，穿过鹰的高坡

拥抱成一种传统和柔韧

没有什么能够将你以历史的方式

影闪在滂沱的呐喊里

富贵离你很远

帝乡离你很远

而穿草鞋的汉子

唤一种民族的骨

笔直地竖在你的脊背

和时间所能穿越的高度

真的，黑夜里不沉的眼神

曲折中澎湃的河流

垂死而不折翅的杜宇

它们在你干净的胸前

以你儿子的名义

以你女儿的名义

倾听地层下你的歌哭

然后，就回到那笑傲权贵的人群中

一生一世
在弹片横飞的间隙
用镰刀收割幸福
用铁锤锻造和平

不是所有的山都和你有相似的历程
请允许我溯水成鱼
以你生命的契语幻化自由
而我为之仰慕的你的风骨
经过九千九百九十九个夜晚的淬炼
涅槃成共和国城楼上空洁白的鸽子

谁以语言的星星火种
燎亮了偌大的中国
耀亮大地——骑士和歌手
大别山，你使我感到
汉字所能砥砺的深邃
有你推动水车的臂
有你摇动乾坤的手

一朵花撑开的春天

春江水暖，柳荫敞开一帘梦想

天地之间的生灵，开始无限舒展

阳光和雪色，在枝头之上

终于涤亮了冬天的眉头

一线轻飐的春风

一朵花撑开了春天

百灵啾啾，布谷咕咕

灵巧的鸟鸣婉转成草甸下的溪流

在一曲接一曲的渲染下

远山苍茫，黛眉浅笑

最近的阜陂晕染水墨

念念春风长如海

绿了枯枝，肥了黄花

整个花枝颤抖的时光

让幸福的人，羞涩低头

看小花蝶在草尖舞蹈，然后

踮起脚尖，静静靠近桠枝上的蓓蕾

三月必然用蜂蜜和美酒调和

包括悠闲的风微有醉意
胜日寻芳，月下河岸
那些缱绻的眩晕和静默
游弋到多情诗人的笔尖
竹外桃花三两枝
最调皮的那枝
在花墙上呼朋引伴
成为最柔软的一团幸福

如果春天的光阴消遣在柳荫深处
与世间有情人经历悲欢离合
透过身体的暖风
把跳动的名词会意成词组
唤醒的春潮，可以炫耀千年花期
也可以装下一条大河的辽阔

在春天的田野行吟
朴素的风惬意问候
万涓回应，辽阔的家园
桃李不言，开遍大河两岸
如果，和桃花一起抵达时光之前
馥郁的春分，斜洒的杏花雨水
在青草多蜜的路上滋滋竞走

澄明的春天清澈安详

每一缕光线小面积飞临

油菜花宁静

在风里汇集整个大地的温度

被阳光抚慰的事物欣喜不止

喜鹊在树上轻轻啼叫，拍翅飞走

颤动的声音上，沾满祥和的光

无所不在的春在人和事中穿行

大地没有冷漠

谷雨背后是一望无际的绿

羞怯的花分解了事物深藏的另一种美

一匹马奔跑着

青春总会笑吟吟地追赶

殷勤的布谷唤醒沉静

豌豆花开，蚯蚓忙碌

有人在春色里风尘仆仆

有人在风景里与众不同

那些秦砖汉瓦上的只言片语

和一座春山并肩浩荡

行踪窈窕的春天，让传统的中国

稼穑蓬勃，梦想熠熠

英雄是光辉的美妙替身
——写给人民功臣张富清的诗

一位老人和他的荣耀隐藏在时光深处
立功书、军人证明、三枚军功章与勋章
积淀历史的风雨
英雄平凡，自带光辉
想想一株翠柏扎根山野的意象
在闪电涤亮的群山面前
把万物当作亲人，遮风挡雨
默默无闻，无怨无悔

万象春秋，他该如何过上合乎内心的人生
淡泊名利，奉献纯粹，践行使命
他的传奇蕴藏在呼啸的岁月高处
多么像一束阳光投射静默的河岳
只为庄严的山河
只为热灼的眼神
只为镰刀和锤头构成的信仰

他所有的故事都被河山无声地记录下来了
他所有的爱都倾撒在广阔大地的生灵上了

九十五年的劳作

足以堆垒路标和丰碑

想他走过的路

开满宁静祥和的花朵

他的品质和背影定格于清风明月之间

他是金子燃烧的火焰

是春天栀子花开的瑰丽

是金马车驮着的白云

是涌动着力量的山脊

是古典民乐中的黄钟

是刻骨铭心的爱的眼泪

是岁月雕刻的镜子

是磅礴史诗的旋涡

是我们共同的脉搏和情感

抽出其中的一笔一丝

所有温暖的词汇

如梨花泱泱，覆盖河岳

人民功臣的勋章在盛世绽放光华

温暖的世间有节奏地叩击礼赞

军人证书在盛世展卷出风采

如同旗帜飘扬在祖国的苍宇

共和国勋章在胸前熠熠生辉

仿若火炬烛照赤诚的信念

而有关他的颂扬

在远去的鼓角铮鸣之后
眼见一扇扇打开的门窗流淌祈愿
杜鹃疾飞，暖意盎然
他捧出的种子深植辽阔的江山

我们必将他的平凡和美德持久传递
仰望他的脊梁，致敬他的光荣
走他走过的路，敬仰他的传奇和坚贞
当然，我们还会深刻地追步英雄
甚至，和他一起共用他的名字

在八月的色彩里，赤红是祖国的基调

一

八月萑苇，我想起流火南昌的色泽

如深秋夕下收紧的古松

在一城雷暴的酝酿中

撬开光明的人

越过凄荒暗夜

吹奏黎明，赣江澎湃

街头巷尾的红缨

磨砺闪电的凌厉

枪声和呐喊

灼热了暗哑的历史

九十三年后

鲜亮的史籍依然雷霆铿锵

岁月的琴键，风雨婆娑

一面旗帜的光芒

唤醒南北城郭的青石

也烛照世间最硬的骨头和热血

二

在八月的色彩里

赤红是祖国的基调

赤霞濯亮的江西大旅社

剔除幽深的幕帐

焕然一新地擂响鄱阳大湖

磅礴，汹涌，嘹亮，浑厚

密集的枪声携带力量和尖锐

机敏地越过腐朽的墙

抵达秋收之后的庄稼根茎

剑指南粤的葱茏和路隘

曙光背后，汀江细浪如诉

万木霜天，杜鹃烂漫

西风啸烈，雾卷龙岗

雨后斜阳，关山阵苍

峥嵘岁月

西江月下高举的手

指引草木与河山行进的方向

三

在八月的彤云深处，横戈勒马

赤焰旺旺地收割疯狂

南北热土上的斯人斯物

在奔涌的光流里开垦自由

前赴后继的英灵托负星空

像一束光，合着长风逶迤

如剔亮的淬火密植河岳

八月闪烁的内涵被光影收留

飞翔的心，汇聚成耸立的赤峰

骤然阔博的东风

云弋马奔

高擎红色的信仰

像新奇的集结号

复苏着与晨曦平行的地平线

深入万水千山的文字

守着尘世的和平和家园

在厚土展展的大地之上

毫无顾忌地装扮山水

茁壮扎根

长征颂
——纪念红军长征胜利八十周年

从瑞金开始

从杜鹃啼血的山岭开始

我看到了生机勃勃的力量

从于都开始

从小小竹排江中流开始

我看到峥嵘岁月中的革命激流

从湘江渡口开始

从殷红的滔滔巨流呜咽开始

我看见风急浪高，百舸争流

从太平古镇开始

从娄山关的一盏灯火开始

我看到星星之火燎原大地的蓬勃

从大渡河开始

从十六勇士身后的呐喊开始

我看到了时代大潮席卷的狂飙

从腊子口开始

从嘶鸣的雪山开始

我看到苍茫大地谁主沉浮的巨掌

从松潘开始

从沼泽下的深潭开始

我看到不沉的眼神和雄心

从六盘山开始

从漫卷的西风开始

我看见红旗鲜艳如同夏日朝霞

从会宁开始

从山丹丹花开红艳艳开始

我看见革命的旗帜红半个天

在龙行万里的版图上

长征

是火焰，照亮黑暗的世界

长征

是岩浆，温暖寒冷的土地

长征

是播种机，红色的种子撒播山川

长征

是宣言书，雷霆轰鸣着光明和平

长征

是丰碑，凝聚着先进的伟大力量

长征

是号角，奏出浩气长存的壮歌

长征

是给时代注入澎湃的血液

是给四季增添壮美的色彩

是给高山更高耸的巍峨

是给巨流更加雄浑的辽阔
是给腐朽最有力的狙击
是给贫瘠一场丰腴的五谷
长征——
是中国革命的奇迹

从一名战士倒下开始
我理解了你的悲壮
从一首歌曲开始
我理解你的正义
从一声雁叫开始
我理解你的肃穆
从一剪晨月开始
我理解你的黎明
从一首七律开始
我理解你的磅礴
从一串马蹄开始
我理解你的奔腾
从一排青松开始
我理解你的意志
从一根铁索开始
我理解你的热度
从七根火柴开始
我理解你的信念
……

长征，永不熄灭的时代火种

歌颂你在风雨如磐的岁月追求幸福
赞美你在枫树湾里解开人民的绳索
歌唱你在漆黑的夜里点燃奋进的火炬
赞叹你在枪林弹雨中谈笑风生
长征
古城遵义烛照革命潮头
堰塞会理铸造众志成城
毛尔盖索花寺东进序曲
山村苟坝飘扬时代旋律

长征，歌颂你

从一片残阳开始
我听见喇叭的嘹亮
从一排大雁开始
我看到长空的浩瀚
从一枚金色的鱼钩开始
我看到阶级的情谊
从一次握手开始
我看到了民族的和睦
长征
书写你在崎岖山路上马不停蹄

描绘你在金沙水拍的镇定英姿
惊叹你在皎平渡口的智慧英勇
景仰你在乌江天险飘扬的旌旗
长征
英雄的豪气撼山河
烈士的碧血漫天宇
勇士的丹心媲晚霞
壮士的悲歌泣鬼神

长征，赞美你

从一顶斗笠开始
我看到风云诡谲的变幻
从一双草鞋开始
我看到征程的磨难和艰辛
从一只军号开始
我看到前赴后继的无畏
从一匹白马开始
我看到纵横驰骋的风华
从一袋干粮开始
我看到兰花芬芳的未来
长征，歌颂你
歌颂你风展红旗如画的热烈
歌颂你今日长缨在手的豪迈
歌颂你潮流交汇时的辽远壮阔

歌颂你播撒的种子富饶大地
长征——
你正义的背景让我们尊崇一生
你阔博的胸襟给我们飞翔的空间
你跋涉的背影给我们高贵的风骨
你飘扬的旗帜让我们终生敬礼
赞美你，长征

当洁白的鸽子衔来橄榄枝
我看到了你
当广场上欢聚了四面八方的人
我看到了你
当秀美的山川深处回响天籁
我看见了你
当老区的红壤上开满山茶
我看见了你
当安塞的腰鼓擂响富强的中国
我看见了你
当大凉山下牧马群群
我看见了你
当直罗镇街口悠闲走动的人影
我看见了你
当包座寺院传来悦耳的钟声
我看见了你
长征——

你捐献的泪水滋润了大地

你奉献的鲜血涤荡了山岳

你捧出的丹心照亮了人民

你贡献的智慧惠泽了四方

长征——

你用闪电激活了高原

你用峡谷锻造了胸怀

你用厚土培育了灵魂

你用雷霆渲染了越迈

你用血肉构筑了丰碑

你用铁锤迸击了火花

你用镰刀收割了丰硕

你用犁铧掀开了历史

长征——

你给了这片土地最深的爱最高的爱最美的爱!

沿着你的目光我们找到了北斗

踏着你的足迹我们感受了温暖

饮着你的井水我们学会了感恩

穿过你的丛林我们举起了右手

纵使时光流失了所有

你的精神你的世界你的灵魂

将翱翔在灿烂的星空

长征——

你这穿越风暴精神昂扬的旗帜

你这奔流不息的火种!

中国，春天比不了你的美

一

一纸素笺，请柬春天
雪花就此告别，在岗桑的北坡
一只布谷的叫声，储满春天的
全部生动，接着
诗意沦陷大地
枝头高处的梦想
幻化为忙碌的蜜蜂和花影
大地空旷的绿，衔接天空的蓝
那些祥云深处的薄羽，披星戴月
落定在一首唐诗的意象之上
灯火摇曳，十万只蝴蝶
正风尘仆仆
它们踩着诗经的韵脚
在寥廓的中国，歌颂春山的广大
花的艳，光的暖，水的澈
柔和大地的葳蕤万物
七十年来，春潮澎湃，芳华不绝

中国，像花一样璀璨绚美

二

那朵春花为中国保持美的高度

流水穿过光阴

一根修竹从一则小令伸出

勾住岁月的战栗和疼痛

而你怀抱心事，像影子抛进生活

一朵抒情的蕾，做出绽放的梦想

沦落在午后宁静的窗台

在往事的细节处

檀烟如丝，灵魂游走

这加深了我对春天的理解——

岁月如歌，我们在屋檐下迎接光明

花的绚烂和希望，靡靡泱泱

就像有深情的爱

就有带笑的泪水

三

请允许我把春花当作中国的信使

在晨光打开窗子的时候

想给你写封信

写到放纵的泪水和隐痛的转身

写到想给春天一张桃花锦织的宣纸

允许雍容，允许布谷迟到

允许料峭的风走漏春讯

而写到灿烂，梨花带雨

瞬间大地花海

在广阔的天地里

我知道有些比喻不宜渲染

我只能把春天当作一个动词

风搬动浮云

阳光在草尖舞蹈

我点亮不觉晓的鸟鸣

春天如昨，春秋歌乐

四

暖芒从骨朵溢散

并不比一条河流曲折

作为春天的骄傲姿态

它拥有矜持的小脾气

春天，我没有语言了

所有的话都被迎春花说了

所有的日子都被蜜蜂镀亮

迎春花，一出生就彩霞满天

如一滴露，在岁月纯粹

我用华彩描绘新时代的春天

用阳光擦洗事物表面的尘土

蓝蓝的天空无边无际

梦想大小不一，像晶莹的岛屿

把枝头温柔地坠落成海平面上的弧线

等你之路，翻山越岭

一哨清音轻叩江河的敏感

春天啊，日月缤纷，装扮大地

五

作为春天的优雅使者

花总是彬彬有礼

她避开掌声和拥抱

优雅地融入平凡

风飚，云弋，光影朴素

这些自然的事物，不加修饰

在种满星星的地方

花总会开口歌唱

倘若三月提前赶到，羞羞答答

调皮的花朵和春天一起游戏，如果

再有一折桃花春曲的渲染

人间花开花谢

万物蓬勃兴起

中国，所有的春天都比不了你的美

中国的宏大合唱
——庆祝中国人民解放军建军九十四周年

这些雷霆之前的静穆

这些闪电之后的力量

在英雄城市定格下来

阳光一路铺陈，星火燎原，

凭着一个诗人的想象力

我看见金属深处的熠焰

在岩层中鼓荡，照亮中国

风兮雨兮，沧桑岁月

苍阔大地丛生金句

披挂铠甲的山河

在八月雄姿英发

在铁血中向前奔跑

钢铁一般的意志

铸塑着一个民族的坚强

以无畏的方式

以高拔的姿势

这些寒光凛凛的赤铜

成为一种经典元素

与中国的庄严浑然一体
在进入世界之前
他们已为万物涤荡灵魂
而广阔的背景，呈现忠诚
在党需要的任一时刻
在人民需要的任一时刻
义无反顾，赴汤蹈火

每一块界碑都有他们的灵魂
每一座哨所都有他们的身影
他们是疆土的组成部分
他们构成中国的版图和尊严
胡天八月即飞雪，寒冷
也不能凝固他们胸中的春天
残云收夏暑，他们排着长队
朝着祖国的深处行进
在星星之上的高度
每一朵殷红的信念
沸腾着祖国最滚烫的血液
一首二万五千里的长诗
沟壑纵横，潜龙腾渊
大段大段的激越排向天空
而用生命铺设的和平通衢
万马奔腾，旭日东升

南昌城头的第一声枪响可以作证

九十四年来——

在中国宽大的胸襟之上

这场宏大的合唱绚烂夺目

众志成城的经典章节

有人与大地融合

成为纪念碑上浮雕的鲜活部分

有人在火焰中涅槃

伸展羽翼，像布谷殷勤播种

当阳光俯视大地的角落

他们漫山遍野，无处不在

手掌里的初心

把旗帜映照得鲜红，鲜红

中国书简

一

秋天和黄金一起映现

漫游的佳句就有了家园

名词歌唱，动词舞蹈，叹词鼓掌

一群群白云放牧江山

蓄满万千热忱的力量

翻山越岭，东边日出的雨水

被踏歌的少年一遍遍欷吟

肆意蔓长的情怀

在逼仄的闾巷婉转锦绣

侵入盛世清朗的夜空

被吉祥邀请而来的才子佳人

一笔淬火在八月的萑苇

一笔探入坚硬的岩石

再一笔镌刻英灵的名字

从诞生到涅槃

赤热的脚板标注历史

十月的家谱

典藏着累累的传奇

在星星的高度

弥散成一种传统和文化

通衢畅行，书写简史

像皈依者祈求福祉

汗水迸发的辞丽荣耀田间

加冕给植物皇冠

灵韵给尘埃内涵

俊采星驰，晶莹满地

无边落木的合欢

被鸟儿问答点拨

是颂词，放大嘹亮的波段

是钟鼓，激荡路上的人影

把中国的精彩

书写在十月的笔端

高蹈着幸福的海拔

在看不到劲头的一线海天

风帆点点起伏，蔚蓝抒情

彼时，中国镜像，绚烂华美

被十月一寸一寸打开

二

秋天可以瘦成笛箫

可以丰腴成皎皎满月

枫树萧逸的沉醉

迷离在十月肩头

满树繁华，金属流光

广场上的纪念碑

抵达英灵飞翔的高度

金水河面，阳光静影沉璧

像一朵水仙花的定语

不为人知地吐露芳华

许配给春秋的修辞

隐秘抵达苍穹之外

岁月的歌谣四下飘逸

一缕春江花月

一缕弥散庙宇

还有一缕在青山绿水里集结

以神秘的妆颜打马归来

催促万象风采的诗意陈述

弘大契合，星光点缀头颅

乐声沉鼓，国土静穆

故园朴素，鸟鸣葱郁

生机和蓬勃安营枝头

流金岁月的馥芳

氤氲着丰沛的蜜汁

长街舞动丝带

梦想炫动光泽

书简深处的精彩和诗经高处的典雅

相得益彰，无与伦比

长烟流霞的飞翼

叠印在彩陶的宁静里

抖落的字句，葳蕤山水

朝歌紧贴窗棂

稼穑恬然入梦

许愿的十月耳语中国

唐诗宋词穿行阡陌

那些情义深厚的符号

意象婀娜，恍若灯火

烛照理想的纯粹和传承

而秋天的兼葭动静相宜

挺拔在清澈的光影

像大地的信念，预言前程——

一节一节向上

一寸一寸扎根

生动为中国书简的封面和插图

看啊——

书页阔如蒲苇，铺展大地

柔韧紧致，密不可分

怀念和祝福

你们在这里热爱

我在春天启程，写下怀念和祝福

——题记

春天大地焦灼，一场风暴

世间寥落，那些披满寒光的事物

经历过急促的燃烧

灰烬般散落狭窄的视野

宽敞的天空淤塞泥沙

人们蜷曲在祈祷里

连绵的人，站满群山

没有忧伤和怨恨

柔韧地和命途撕扯方向

在北风吹开桦树之前

一场接一场的雨水覆盖河流

远方和诗歌，躲不开桃之夭夭的念想

把坚劲的足窝，步步为营

内心燃着的火烛，逐渐照明

"一朵花献出的生命

催生土地上的精灵

隐身的灵魂构成花圃"

和你一样，我的亲人和友爱者
在春天首章奏响小号
惊惧曾经漫过每一株植物肩头
从一条江到一条河再到一座山脉
那些期待春天的柳树沾满凛冽
沉闷的疾疴，像乌云垂暮的河床
反复翻卷呜咽，房前屋后的残雪
在一座破旧的时钟里沉吟
哦，二〇二〇年的上阕在安静中坚守
在一面镜子中擦拭
祝福和怀念，俨如
中国的执念不可动摇
——铁轨一般的清凛岁月
总会从一根枕木的召唤开始

我不在枕木的间隙里
不在轰隆隆驶来的车轮上
在俗世悲凉与慈航的拐弯处
遗忘的名词被万物遗忘
能够记起的暖和信仰
像一种无法诠释的经文
一次一次击退黑色的侵袭
窗口之外的阳台

开放的盆景艳丽蓬勃

我的亲人从中得到暗示

步调一致，集结城池

从小写的字母渐次阔大

理解爱并丰赡涵义

用波澜不惊的文字书写简史

天大地广，陌路交织

知更鸟和拂晓相聚山坡

汉语言稠密的心结，愈加绵长

那些逆行的天使

生命的线条偾张阔博

自由平和的风，阳光纯粹

人间的笑，无拘无束

瘦竹艳华的万物

是大地上的眼睛

这个春天的料峭

是三月冷雨入颈的清醒

一条河连缀的村寨

必然串起一串历史

作为诗人，我渴望用闪光的笔记录光辉

记录激荡时代的黄沙淘金

我用温暖的动词怀念倒下的人

祝福那些还在转经路上的人

那些成为传说的传奇

春天给他们树碑

金粉给他们塑身

幼林传播童谣和寓言

江水沸腾，铂金闪烁

每个动作都急缓有序，昭昭烨烨

镌刻在汗青深处的真实

让热忱变得挚爱

让透明更加澄澈

家乡之南的沟头，花草摇曳

一只绵羊优雅地跟着一只山羊

绵柔国度里的炊烟成为经典

山涧时鸣的翠鸟

讲述故乡和异乡

在朝雾濛濛的黎明之前

用金玉良言堆垒精彩桥段

太阳出山，平原蔓远

这个春天像寂静的雪谷接受阳光

一切浮在雪水之上的残枝朽木

经过一个叫艾亭的古典

开始寻找轮回的注脚

缀满露水的灯稞草

滋蔓尘埃的生命

漫山遍野的草籽蕴藏生机

在所有变幻的景致之中

升腾的憧憬过于真实

麦子向上，果实黄金

怒放的光泽洒落田野

从树梢向下的空间一马平川

那些长着羽翅的美好装扮河岳

江河复苏生动，喧哗着向前

一橹渡江，从容不迫

成为人与自然的偈句

乡下的亲人，街衢的近友

还有帐篷里干净的羔羊

在觐见先哲的路上

不约而同地缤纷张扬

在光亮高处，每个人都举起右手

——崛起的神奇

必定有破茧而出的庄严

总有鸟雀走漏讯息

一支缀满梦想的鸽哨

隐秘抵达秋天的世界

乘势而来的丰沛扎根熟稔的地垄

大片田畴，排兵布阵

一枚黄田印，隐没于清溪

流水激起的声响把这国度催向瑶池

如果在第三个季节打囤筑巢

枣花簌簌落衣巾

村南村北响缫车

百鸟自由，在各自的家园倾情演绎

露珠背后，银汉迢迢明亮

烓映着一望无际的辽阔

想着接近岁尾的家园西楼

一丛月色，盘桓翘檐

家乡盛满旧日的暖

把暮色薄雪倾泻在炉火边缘

阡陌一端，栽种的雪松

结满果子，一烟水彩

像我平静的怀念和祝福

 今夜，我走在异乡的一轮月里

清辉照我，也照亮我的四邻

从白露里抽取一张宣纸

南雁北飞，蒹葭淇水

江湖苍远，天高云低

经历过的疼痛和甜蜜，长短不一

"涅槃滋生光辉"

怀念在心头，祝福在窗口

钟声掠过水面

人间花落满身

梦想的唱针转动中国

七月的第一滴露珠浸润大地

黄浦江就惊涛拍岸

卷起的三千长雪

透过晶莹，沧桑的中国展现峥嵘

晨雾散去，黄陂南路的石库门朴素庄重

一扇虚掩的窗子，红霞澄澈

十三颗星星对应天空

每一束光芒都绚烂深情

那些钟鼎般的语言叩击苍穹

那些明亮的眼睛凝视北斗

一艘乌蓬小船，荡漾南湖

澄澈的大爱，滚烫

合着湖水的澎湃弥散中国

镰刀刈倒荆棘

铁锤砸碎链锁

人民自由舞蹈

一群又一群勇士，自带光辉

奔驰在大江南北

贯通着中国脉络

他们高擎火炬，映照长空

与大地上的跋涉者一起向前

杜鹃殷红，灯火跳跃

巡游江山的英灵不绝如缕

那些力量偾张的植物

怒发冲冠，草木皆兵

怀揣着利剑与雷霆

无畏无私地挖掘地火

被黑暗侵蚀的角落

日日被温暖包围，逐渐

披满了壮丽的锦色

在历史狂飙的深处

旗帜的姿势高于修辞

一切呐喊着的铁流

在冷峻的时空昂然凝固

这些不言悲喜的雕塑

从内心抽出光明

烛照被白色笼罩下的懦弱

直至它们头顶星瀚，钻木取火

一行行诗句平仄着流淌赤诚

成为河山的颂词和骨骼

一只流血的鸽子沉重飞翔

低垂的羽翅刷新历史

深黝的瓷器铮铮作响

背影连着背影

就会成为风景

平平仄仄的百年，蜿蜒向上

以纪念碑的姿势

抵达红星照耀的高度

南昌城头的正义枪声

置顶夏日收紧的枪管

一支光明队伍，跋山涉水

凝铸成不朽的史诗

笔走龙蛇，朝朝夕夕

蓬勃的闪电摇曳秘密

在火焰凝固的山巅

在长风呜咽的渡口

在灵魂折翅的草地

在生命逼仄的沼泽

在黄钟喑哑的河畔

七月一往无前，驰向深谷

细小的召唤震聋发聩

一粒火星燎原大地

被遗忘的名词抖落尘土

从万物之间舒展身姿

它们捧着信仰的暖芒

记取前行者的语言

在枪林弹雨中开凿力量

一次一次击退黑色的侵袭

向阳的山岭杜鹃啼鸣

柴扉挂满希望

一只斑鸠跳到高枝

郁郁葱葱的视野山明水秀

山岭绵延，森林无界

撒豆成兵，威风凛凛

天地苍阔，陌路交织

知更鸟和拂晓相聚山坡

号角声起，稼穑挺立

文字稠密的构架，横平竖直

那些风一般的人

如虎添翼，踏平坎坷

把生命的线条伸展成中国的坐标

暖煦春风，阳光纯粹

人间的笑，无拘无束

一笔狂草的诗人

饱蘸心底的蔚蓝

力透纸背地记录光辉

记录激荡时代的奋斗者

用动词温暖倒下的人

用颂词缅怀先行的人

用诚挚祝福行路的人

用热忱呼唤后来的人

用悲悯普度转经的人

这些成为传说的传奇

岁月给它们树碑

朝霞给它们塑身

民谣合着乡风

起伏于诗经之上

每个镜像都昭昭烨烨

醒目在硝烟深处的红星

让最高的雪山融化

让最低的草芥飞舞

让南北茂盛的翠竹歌唱

一束光的投射

拔掉大地经历过的疼痛

山峦昂首旷远

万物载歌载欣

物阜的沙洲和绿洲

百草丰茂，游鸰恣肆

七月庇护的红尘和鼓瑟

在薄雾冥冥中开启亮色

擘画的江山，多娇

一群喜鹊跟着一群喜鹊

安宁的故国烟雨蒙蒙

流金岁月，谁主沉浮

熔岩在地下奔涌

霹雳在长空越迈

古老的炮口荡漾赤焰

红日泼彩，赤练当空

烈火一样燃烧

海浪一样汹涌

激扬文字，把高原当做稿纸

笔走龙蛇，原驰蜡象

腾起的高天雪浪，汇就

《沁园春·雪》里的宏阔

总策划，是灰布长衫的诗人

没有一把镰刀不割裂陈腐

没有一柄铁锤会离开炉火

没有一个战士不投入鏖战

没有一处湖泊不溶于蓝天

没有一个字词从时代掉队

没有一杆钢枪不分隔昼夜

没有一个魂灵不融合光明

没有一寸江山不属于人民

就像集结的号角吹开冰层

复苏的江河弹奏琴键——

这寥廓的大地

这矫首的社稷

燃烧的地火漫山遍野，壅塞城郭

骏马驮着江山

朝阳映照人寰

建设者以神性的力量筑高路基

他们给每一条河流命名

给每一座山脉加冕

一个身影连缀一个身影

像极了祖国的铜墙铁壁

汗水浇灌的息壤

节节拔高着新奇

无遮掩地伸向天空

一粒种子，与新的疆域

水亮着生长彩虹

丰饶的生活铺满田园

哦，智慧的人舞动殷勤

风涌黄金，水搬祥云

一朵向日葵浸透了蜂蜜

云销雨霁，彩彻区明

国门敞开，虚怀若谷

改革的喜讯穿云越梢

一只报喜鸟传送的浩然佳音

优雅地栖息南国渔村

春风邀约群山

春雨润育奇迹

茂密的手臂如同森林

擘画日新月异的宏图

盐田结晶，排兵布阵

一枚中国印，端端正正钤在南海

无垠的力度把中国推向瑶池

土地豢养的牛马

耕耘沃野，驰骋万里

中国拉满了弓弦

悄然射出了秋色

万家灯火，成为新时代鸣奏曲的音节

东风提着灯盏

携裹着祖国芬芳的光芒

一丛月色，恍若琥珀

盛满旧日的回忆

把内心的感动倾泻在炉火边缘

沧浪之波，没有一叠重复

跃过龙门的初夏

惹来一个季节的蓬勃

两只黄鹂，婉转枝头

每一个音符都沾满水彩

一个音节合仄一个音节

像镰刀和铁锤的和鸣

清亮的旋律抽绎百年前的预言

七月，在泱泱云水深处

我们早已读懂了红船的含义

掌舵的人把旗帜擎过头顶

向前，橹桨探进历史

迸发出水手的睿智和力量

如果，涤荡内心的热流

再一次淬火金属

笃定会引爆早春的惊雷

故国无涯，梅漫河山

人间最醇厚的嗓音

在田间密实结籽

哪一粒更为深邃

这需要问大地上的石头

也需要问耕耘的布衣

世间所能呈现的美好

都有旗帜的鲜艳

都有闪电的皎洁

新时代，新气象，新隆昌

在灯火光辉的尘世

唯有赤诚于人民的歌者

才会把心中的长歌

嘹亮得如同春江

远方的草本发出新芽

接近故乡。异乡的十字路口

每一个经过的追梦者

都可以从人群中分享风景

青山舞动，江河奔腾

梦想的唱针转动中国

舒缓的咏叹调浸润盛世

玉树临风的人

把大海养在眼里

把梦想养在花期

把景色养在四季

在一抹岫云居住的绿色之上

醒来又醒去辞章争相明媚

彼处唐诗燎原

前程光明堆积

偌大的四海庭院

优雅着时代的嫩枝

携带乔木和溪流的生灵

只屈从于煌煌土地

所有幸福和欢欣的热泪

必然流向——

母亲足下的厚土

父亲肩上的红旗

旗语下的光明中国

一把镰刀的锋刃寒光

和一柄铁锤淬炼的火星

天然熔烙，阳光覆盖辽阔

它们从东方的地平线上升腾

云蒸霞蔚，炜炜煌煌

拔地而起的狂飙

以席卷的姿势，浸漫

大地的热络和人间的欣喜

彩虹，夯歌和蔚蓝

优雅组合经典

共和国前程的彩彻和未来——

麦穗金色，绚烂盛开

精钢齿轮，钮合凝铸

一种红，熔铸一种信仰

再用一种气概加持传统中的菁华

然后，字正腔圆朗诵

瞬间五谷茂叠，繁华出镜

杨柳春风的拂绕

生动着百家姓后面的子嗣

在大地旷阔的相框里

十月抽绎繁荣和经典

橄榄放纵，绿荫与绿荫嫁接成林

词汇沸腾，春天和希望芽芽萌动

一幅油画，开天辟地

自带光芒的身影，巧妙地

成为现实与理想之间的彩虹

一群鸽子，安栖枝头

光阴如水，山明水秀

气象蓬勃，在使命的助力下持练飞翔

风一般的光明，浩浩荡荡

在踏荆启路的间隙

用汗水激活生命的密码

河岳起伏，披挂圣洁

远村近间，流金溢彩

这滋生光明的崭新之国

一览无余地抒写前世今生的命途

光，滴下来；光明垂直

一条通天大河在历史的湾流中蓄力

排山倒海，势不可挡

人世间所能呈现的美好

急不可待生长飞向炊烟高处

泥土饱含生机，戮力奋发

成就草原一般的博阔胸襟

每一双脚下都有锦绣坦途

每一朵花瓣都孕育晶莹

每一对翅膀都沐浴光辉

每一寸江山都欣欣向荣

朝霞用光芒浸润希望

那些微风过后的青春和乔木

以赶考者的步幅

早已用砥砺选定命运

而光明的坐标明晰国度

云端的星空把追梦者引致璀璨

沿途的坎坷都经过了

砥砺后的光明愈加鲜红

十月的暖芒普卷大地

连绵的奋斗者川流不息

金辉之下的路人，深情凝视

明暗相间的日月

慷慨地播种金豆银豆

在陡峭的沟壑和山崖

钢钎点燃壮美诗句

在平展无涯的海上

橹桨拍打着汹涌浪花

在田间和城郭，总有

唤起星星的筑路人

焚膏继晷于广袤天地

内心氤氲的光明，彷如展翅

他们把铆钉和信仰，无数次

锲入锦绣前程和盈满清风的上空

向日葵灿烂的季节

光明深深，一路芬芳

在新鲜对新颖的模仿中

犁铧的锃亮已探入春天

布谷啼鸣，应和殷勤

层林尽染的景致，金风提着五谷

从四方涌来，我知道

那是我的祖国，也是我的未来

曙光镀亮群山，旭日抬高季节

大地五光十色

高大的堤坝和温暖的铁轨

是沉默的英雄，是高光的灯塔

在岁月蓬勃的江山，收紧了力量

放飞鸽子，松开穗子，压实路基

七十二年^①前的雷鸣

与盎然希冀的绿重叠一起

植物开始传唱飞鸟翱翔的辽阔

---

① 作品发表在 2021 年 10 月 1 日《光明日报》。

纯粹的不能再纯粹的名词

在新的国度里找到最为生动的表达

在一滴晶莹周围

万物拥抱成一团火焰

弧光中的身姿呈恰当仰角

不断长大的钢铁、枕木、庄稼和坚韧

接过太阳奉送的本色

揉搓成泥土的色泽，铺满十月

而在岁月的温暖深处

历史站在时代的拐角

观览建设的波澜壮阔

铁锤落下来，飞溅的火星满地

将社稷和山河

锻造成一幅锦帛上的精典

镰刀飞舞开来

刈弃一个民族的贫穷命根

并把自己深深植根于土壤

众神复位，在每一个清晨和黄昏

祈祷吉祥和庄严的葳蕤

一株松柏高耸入云

一群人双鬓侵漫霜迹

边塞早已红花绿叶，海晏河清

金黄银杏是一个借喻

十四万万枚自由的飞羽

姿态婆娑，馥郁芬芳
在诗经悠长的美丽乡村
书卷里的辞章氤氲山水
颂歌嵯峨，清和未央

在祖国的相框里写意西山

风，起于青萍，故国深处，铎铃悠响
相框中的江山，浓缩一潭青翠
白松浮动暗香，缭绕暮鼓晨钟
一滴露，璀璨中国，沐浴京西
打开松涛伴奏的牖窗
一半绿水青山，一半金山银山
白鹭翱翔，巡游社稷
妙峰崔嵬，是吴带当风的留白
古道山居，在简朴望乡邀约金风

在京西茂叠的生机里
永定河搬运吉祥文字
并在一粒母语根部植芳长风
历史抽绎繁荣和经典
等待着诗歌迎亲嫁娶
大美放纵，翠绿和翠绿连绵成云山
小康安宁，五谷和五谷芽芽萌动
山壮水美，薄厚无息
幸福巷里的幸福，云卷云舒
一群喜鹊，望山高月小，水落石出

岁月行板，母亲河弹拨浪花

灵溪之畔，青冈加持颂词

苍山有情，沟壑纵横

十万兵马的眺望，收揽一脉峻峭

在名为西山的祖国深处

用红色激活幸福的密码

长空浩渺，旭日蓬勃

大河上下，流金滔滔

这胜似江南依碧树的崭新之国

一览无余地抒写前世今生的命途

灼灼光华，平西涧沟

跳跃的柯丹烛照世间

美，闪出来；魅力万千

世间所能呈现的妖娆

漫不经心地沁出涟漪

泥土富蕴生机，草木掩映清风

石板苍阔，深浅足窝，蓄满传说

像青瓦宣纸上的断章

浅浅入定，簇拥神祇

大地豢养的日光月华

幽芳不濡，秋华时节

远山和近邻沉默不语

它们是英雄，是荣光凝铸的灯塔

在季节馥郁的优雅处，收紧力量

撒播种子，呵护穗子，开拓天地

汗青衔接汗青，烙合盎然泥土

百千植物传唱历史民谣

生动的不能再生动的旋律

在大美西山找到最为恣肆的抒情

在一团晶莹周围

万物拥抱成一簇绿焰

葳蕤的玫瑰、庄稼和关城莺语

接过勤劳者赐予的本色

揉搓成嘉木的济泽，毗连岁月

西山秋日飞羽

作为一种隐喻

涵义绵密，魅力十足

接入神泉峡谷的骈骊刻纸

氤氲在一轴明清画卷

太平鼓点，糜集云翮

弦歌幽幽，庭燎有辉

情系华夏与锤炼诗境：

王法艇"新时代诗歌"评述

彭 志

自诗体产生以来，便与政治建立起了密切的关系。古代的士人无论是孤灯夜读、负笈游学，还是入朝为官、致仕归隐，对政治生活的刻绘都是颇为重要的主题。尝试打破近体诗格律束缚的新诗，在句式、韵法等方面更追求随性自由，这种文体属性也赋予了其在表现政治等重大主题时的天然优势。"十七年"文学时期，郭小川、贺敬之等诗人将关涉政治表达的抒情诗推促至峰巅，也确立了该体诗歌在书写时呈现出的一些基本面相。接续其后的新时代诗人，勉力探寻推陈出新的可能路径，王法艇则以其笔耕不辍呼应了新时代诗歌创作的再次高潮。

在新时代诗歌众多的特征之中，思想性应是其最为重要的属性，关注时事，描摹社会生活，发掘历史事件的深刻内涵，确立了诗歌的主要形态。在诗人笔下，新中国历史上具有重要意义的一些节点，皆化为其寄托情愫的描写对象。当中华人民共和国成立七十周年时，他以"从十月开始，中国就进入创作期／她需要一部史诗祭奠翱翔的英灵"发抒着普通人视域下对祖国的款款深情。当中国人民解放军建军九十三周年时，他以"一面旗帜的光芒／唤醒南北城郭的青石／也烛照世间最硬的骨头和热血"书写南昌起义的重要历史价值。当"实践是检验真理的唯一标准"发表四十周年时，他以"所有的岁月间隙／对心怀春天的人来说都是阳光斐斐／这并非只是记住辉煌／而是书写可昭日月的历史"思忖阵痛之后的再出发。当庚子年初新冠疫情在江城肆虐时，他以"束发，白衣，护目，和凌厉的风一起／在逼仄的空间望闻问切"礼赞逆向而行救死扶伤的白衣战士。以善感灵心捕捉历史事件的重要意义，从书斋走出，将一片赤诚之心投注到新时代的波澜壮阔之中，在诗歌里记录重大历史转折，抒发兼顾个性视角与共性体悟的复杂心绪，诗人用书写新中国历史上重大事件的方式笺注着新时代的日常。

肇端于诗骚传统的中国诗歌，内里支撑叙事、抒情的重要逻辑便是在于"意象—意境—意蕴"的情理结构，即通过典型意象的连缀，营造入心的诗意之境，呈现回味无穷的意蕴世界。上述归纳的古代诗歌的情理结构，也同样适用于新诗。诗人在新时代诗歌中，努力汲取着源远流长的诗歌传统中的精华，以细腻笔触调动绵密意象，绘制出一幅幅新时代的诗化图景。《一朵花撑开的春天》聚焦"一线轻飏的春风／一朵花撑开了春天"的诗眼，描摹冬去春来之际天地之间辞旧迎新的面貌，诸如冒出新芽的柳枝、灵巧婉转的鸟鸣，以及春色里风尘仆仆的行人，春日花开隐喻着新中国的成立，而这些朝气蓬勃的景象亦是历史大变局的象征。《和一株向日葵并肩眺望河山》巧妙地择选了向日葵作为观览祖国大好河山的切入视角，跌宕起伏的山河、拔节生长的庄稼、成群疾飞的雨燕，这些美好的景致都在诉说着新时代的中国呈现出的庄严巍峨与阔博精彩。《芝麻开花的隐喻》独辟蹊径地择选一种植物作为观照改革开放四十年伟大进程的窗口，芝麻在贫瘠的土地上努力生长，绽放出令人心醉的花朵，象征着祖国在阵痛之后，将光荣与梦想、丰收与希望融汇，日新月异的面貌是祖国奋斗史的注脚。《王家坝，每一寸坝体都是祖国的坚强》围绕"一座大坝蓄满一段历史的养分／就是一个民族蓬勃昂扬的剧情"的主旨，从洪水狂飙到割舍故园，从拥抱磅礴到生灵葳蕤，从荡漾光芒到编织简史，勾勒王家坝抗洪拒险与中华民族自强不息精神间的连结。诗人以绵密意象刻绘饱含深情的诗境，推动新时代诗歌的意蕴呈现得更为丰富深刻。

抒发多样情愫是新时代诗歌的题中之义，然而卓异的诗人在表达复杂心绪之外，更会竭力去在哲思维度上寻求突破，以求达到诗情与哲理兼容的艺术境界。《春天，万物在阳光下纯粹》紧扣"春天啊，日月不灭的形式／万象春秋都有震撼的美／一席璀璨的风景／让所有的瞳孔聚焦灵魂"的题旨，以白描手法全景展现春日里世间万物欣欣向荣的景象，诸如鸭蹼撑碎薄冰、在暖阳下纯粹的舒缓，以及开始发芽的梦想，昭示着季节转换中世间的变化，以及由此触发的深入思考。《三月，以大海的名义书写》以"看一个民族正叩关跃马／宏启航迹，用巨笔／深情勾画出一个大国的远航梦想"为中心，辽阔海面扬帆远航的巨轮，崭新海图上浩荡成黄钟大吕的乐章，在铺陈这些包孕睿思的意象之中，饱满情绪的发抒也便水到渠成了。《钢铁，给一种精神命名》以"年轻的春天和理想郁郁葱葱／被光线淬火一般蓬勃／站在辽阔的文明高处／弹拨交响曲的宏伟和优雅"为意旨，探讨后工业时代的钢铁精神，辊压、煅烧、冷却、揉韧，矿石锻造成钢铁的流程叙写，并发散至平凡事物映现极致光辉的省思。在新时代诗歌中引入哲思维度，给予了这种体类的诗歌新的生命力。

某种程度上来说，诗歌是对人类内心世界的展现，而人类内心各类情绪的生成离不开客观世界的影响，即所谓"情动于中而形于言"。构成客观世界的重要质素便是时间、空间四维，对宏阔时空的精致呈现是新时代诗歌的底色。细读《中国书简》，既以如椽大笔勾勒华夏的如画江山，如磅礴的大河、巍峨的山岳、逼仄的闾巷、阔达的通衢；又以善感灵心捕捉四季的起承转合，如与黄金一起映现的秋天、淬火在八月的葭苇、合欢的无边落木，在大开大合的时空画卷中，肆意蔓长的情怀、预言前程的信念，以及蓄满万千热忱的力量便成了应有之义。《七月，光明浩荡在辽阔的中国》择选"七月"这个具有重要意义的月份，观照万里河山展现出的景致，长城以北的浩渺、大河之阳的雪涛、地平线上的百鸟，以及形似千重金浪的稻菽，以历时为中轴，遍览共时之雄阔，诉说着扑扑动人的心跳与热恋。《七月，岁月最明亮的部分》将笔触聚焦于上海黄陂南路一座石库门建筑里发生的故事，大时代的飓风和漩涡中，一群被海风浸润的长衫人肩担星火，以工笔手法刻画了熠熠生辉的奋斗者形象。在时间、空间构成的四维世界中，提升诗法，锤炼诗境，理应成为评判新时代诗歌的重要标准。

诗歌与政治的关系，历来便是聚讼纷纭的话题，紧密结合，抑或寻找边界，不同出发点自然会给出不尽一致的答案。问题的关键不在于突显两者的差异，而应寻求弥合分歧的具体路径，即尝试探索更好地兼顾思想性与艺术性的方法。王法艇以其推陈出新的新时代诗歌创作，为上述问题的解决提供了可能。新时代诗歌如何才能更进一步拓展深化，理应成为诗人与诗评者共同思考与努力的方向。

（彭志，浙江大学文学博士，中国艺术研究院中国文化研究所副研究员）